Paul Savernon

L'alcove de nos Rois

...s Maitresses de Louis XV

Illustrations de Douhin

E. Bernard et Cie.

Petite Collection E. BERNARD

N° 12

Les Maîtresses de Louis XV

Par Paul Savernon.

PARIS
E. BERNARD et Cie, IMPRIMEURS-ÉDITEURS
29, Quai des Grands-Augustins, 29

LES
Maîtresses de Louis XV

I

PREMIÈRES AMOURS

Jamais le scandale de la débauche ne fut poussé aussi loin que sous Louis XV.

Ce fut le digne complément des saturnales de la Régence, et pourtant, le règne avait bien commencé.

Louis XV avait quinze ans lorsqu'il épousa la princesse Marie, fille de Stanislas Leczinski, roi de Pologne. Elle avait alors sept ans de plus que lui et, quoique ce mariage se fût fait, comme il arrive ordinairement chez les princes, sans que l'inclination des deux époux fût le moins du monde consultée, Louis XV vécut plusieurs années avec cette princesse en donnant l'exemple de l'amour conjugal le plus fidèle.

La personne de la reine n'avait rien de séduisant : la différence d'âge, quoiqu'elle ne fut pas excessive, était un point digne de considération : cependant, une nombreuse suite d'héritiers prouva assez l'union qui régnait entre les deux époux, en même temps qu'elle semblait devoir en assurer la durée.

Le roi, que le cardinal de Fleury avait élevé dans les maximes les plus rigides de la foi conjugale, fit assez l'éloge de son maître en respectant scrupuleusement ses principes ; l'habitude s'y joignit et acheva ce que le devoir avait commencé.

D'ailleurs, la reine possédait de belles et bonnes qualités, qui étaient suffisantes pour couvrir ses légers défauts.

Le roi fut longtemps sans concevoir la moindre idée défavorable de son épouse : quelques courtisans, assez lâches pour oser espérer des vices d'un roi ce qu'ils ne croyaient pas devoir attendre des vertus de son jeune âge, essayèrent de le corrompre : l'indignation dont il paya leurs démarches les couvrit de confusion.

Un d'entre eux, lui faisant l'éloge d'une dame de la cour fort connue, dans l'intention de lui inspirer des sentiments pour elle, le roi lui répondit :

« La trouveriez-vous donc plus belle que la reine ? »

Cette réponse inattendue déconcertant tous les projets, il fut impossible à qui que ce fût d'ouvrir la bouche sur cette matière ; cependant, une pareille constance n'était pas faite pour tenir bien longtemps à Versailles contre la force de l'exemple, au milieu d'une cour corrompue.

Quand dix ou douze années se furent écoulées sans qu'on remarquât aucun dégoût dans le roi, ni aucun penchant à la débauche, l'âge et les nombreuses couches de la reine donnèrent à celle-ci, et peut-être à tous deux, une indifférence dont l'amour ne s'accommodait pas ; la disproportion des années commençait à se faire sentir de plus en plus ; mais l'estime que le roi avait pour Marie Leczinska, estime justement due, soit qu'il la considérât comme la mère d'un grand nombre d'enfants chéris, soit qu'il fît attention à son excellent caractère et à sa piété, se soutint encore, et ce n'est pas sans une répugnance extrême qu'il songea à se départir de ce qu'il lui devait.

Mais aussi, dès qu'une fois il eut franchi les barrières qui l'arrêtaient, il s'abandonna à tous les désordres des passions les plus grossières ; néanmoins, pendant la durée de ces désordres, Louis conserva toujours entièrement pour la reine les plus grands égards.

Il est vrai que la modération de cette princesse ne lui permettait que rarement de demander quelque grâce ; d'ailleurs, sa conduite l'avait rendue chère au peuple et lui avait acquis l'affection de la cour, où il est si rare de voir rendre à la vertu l'hommage qu'elle mérite.

L'heure vint donc où les courtisans eurent beau jeu.

L'immoral Richelieu, entre autres, fit si bien qu'il triompha des scrupules du roi.

On a accusé le cardinal Fleury d'avoir favorisé, et même provoqué les premiers écarts de son maître. C'est mal connaître ce ministre que de charger sa mémoire d'une telle inculpation. En effet, quand le monarque parut s'être fixé, Fleury osa lui faire des remontrances qui furent très mal reçues.

La comtesse de Mailly, la première, entraîna le roi dans ce libertinage effréné qui acheva de démoraliser entièrement une cour à laquelle cet exemple n'était pourtant pas nécessaire. On a voulu faire de cette femme une seconde La Vallière ; il y a sans doute entre elle et la tendre désintéressée et repentante maîtresse de Louis XIV, des rapports frappants ; mais il est des points où toute comparaison serait un outrage pour la carmélite. On en jugera.

Louise-Julia de Nesles, née à Paris, le 16 mars 1710, épousa, à l'âge de seize ans, Louis-Alexandre de Mailly, son cousin, et succéda, en 1729, à sa mère dans la place de dame d'honneur de la reine.

Plusieurs années se passèrent avant ses relations avec le roi ; cependant, son cœur n'était point insensible au mérite extérieur de ce prince, et elle saisit avec avidité les espérances que lui donnèrent bientôt les courtisans.

Elle n'était ni belle, ni jolie. Enjouée, d'une humeur égale, spirituelle, pleine de probité, caressante, faite pour aimer, généreuse, compatissante, aimant à rendre service, nullement ambitieuse, elle possédait au suprême degré l'art de la toilette.

Lorsqu'on eût arrêté qu'elle ferait tout ce qu'il serait en son pouvoir pour captiver le roi, le duc de Richelieu fit sentir adroitement à Louis le vide que l'indifférence de la reine laissait dans son cœur, et la nécessité de remplacer une passion par une autre.

Il l'amena insensiblement à l'entrevue que l'on avait projetée entre lui et Mme de Mailly.

Introduite chez le roi, comme par hasard, elle arriva très décolletée ; et, posant ses pieds sur les chenets, elle s'arrangea de manière à laisser voir sa jambe, qu'elle avait parfaite.

Malgré ses soupirs et ses œillades, la conversation ne s'engageait pas.

— Comme il fait froid, dit-elle enfin !

— Je le crois bien, lui répondit le roi ; vous êtes toute nue.

La réplique était peu galante ; cependant, l'entretien s'anima ; mais malgré l'ardeur que lui donnait son âge, malgré la fougue de son tempérament, malgré la longue privation où il avait vécu depuis sa rupture avec la reine, la timidité avait tellement glacé les sens du roi que la comtesse, désespérée, se plaignit amèrement du peu d'impression qu'elle avait fait.

On eut de la peine à la déterminer à un second tête à tête, et on lui persuada qu'il fallait oublier le monarque pour ne s'occuper que de l'homme.

Dans cette seconde entrevue, Mme de Mailly profita des avis qu'on lui avait donnés : tel en fut le succès qu'après le tête à tête le plus vif et le plus animé, la comtesse triomphante sortit du cabinet dans le désordre le plus significatif ; et se présentant aux vils complaisants qui lui avaient fait sa leçon, ne répondit à leur dégoûtante curiosité que par ces mots :

— Voyez donc comment ce *paillard* m'a accommodée !

Ce n'est pas, je crois, dans cette circonstance qu'on s'avisera de comparer Mme de Mailly à Mlle de La Vallière. Sa conduite fût celle de la dernière des prostituées.

Le premier pas était fait et, dès ce moment, Louis ne connut plus aucun frein. Le mystère dont il voulut d'abord envelopper ses amours le fatigua bientôt.

Le commerce des deux amants devint public.

On s'en applaudit à la cour : la reine en gémit et porta sa douleur au pied des autels.

Quant au comte de Mailly qui, jusqu'alors s'était peu soucié de sa tendre moitié, il crut devoir se plaindre et, pour toute réponse, il reçut l'ordre de se taire, et de ne considérer désormais sa femme, *sous certains rapports*, que comme une étrangère dans laquelle il devait respecter le goût de Sa Majesté.

On voit que le début de Louis promettait : la suite y répondit.

Le marquis de Nesles, père de la favorite, voulut aussi faire des remontrances. On comprit ce que cela signifiait ; ses affaires étaient dérangées, on paya son silence, qu'il ne rompit plus.

La comtesse de Mailly devait bientôt connaître tous les tourments de la jalousie, châtiment de sa faute d'autant plus cruel qu'une sœur dont elle était loin de soupçonner la duplicité en était l'instrument.

Louis XV avait à peine vécu quelques années, mais fort modestement, avec Mme de Mailly, qu'on vit arriver à la cour une des jeunes sœurs de la favorite.

Elle avait appris du fond de son couvent la position qu'occupait sa sœur à Versailles, et elle désirait bien aussi se faire aimer du roi.

Dans cette pensée, elle écrivit lettres sur lettres à sa sœur, la priant de permettre qu'elle lui servit de dame de compagnie, de secrétaire, de lectrice.

La bonne Mme de Mailly, qui n'avait dans l'esprit aucune espèce de malice, se laissa surprendre par la petite pensionnaire, qui vint s'établir à Versailles et plût au monarque, non par sa beauté, mais parce que ce prince avait, dans ses convoitises naturelles, le goût des petites filles innocentes.

La jeune friponne, qui le devina, fit si bien que le prince se dégoûta de Mme de Mailly et affectionna chaque jour davantage sa nouvelle maîtresse.

Afin de lui donner une position convenable à la cour, il lui fit épouser M. de Vintimille, à la condition que les époux ne se verraient pas.

Ce qu'il y a de plaisant aux yeux des uns et de scandaleux aux yeux de tous, c'est que l'archevêque de Paris, M. de Vintimille, leur parent, donna au couple sa sainte bénédiction.

Un enfant naquit des amours de Louis avec Mme de Vintimille ; on l'appelait, en plaisantant, le *Demi-Louis* : il portait son baptistaire sur sa figure, comme tous les bâtards du roi, sans exception.

Louis XV, comme presque tous les princes de la famille des Bourbons, avait le caractère très faible et très propre à être gouverné.

La jeune favorite, qui avait beaucoup de perspicacité dans l'esprit, ne tarda pas à s'apercevoir de la disposition du monarque. Elle en profita si bien que le cardinal, précepteur et premier ministre, devint jaloux d'elle, au point qu'il eut la faiblesse de le manifester et de le faire avec un tel dépit qu'on lui attribua la cause de la mort extraordinaire de Mme de Vintimille.

Le roi se garda bien, et avec raison sans doute, de soupçonner le cardinal d'une pareille noirceur.

Il fut longtemps inconsolable et pleura comme un enfant, mais il revint à Mme de Mailly.

Les plaisirs suspendus reprirent leur cours ; la première favorite rentra dans tous ses droits et chercha à distraire le monarque par toute sorte de moyens.

Elle fut secondée dans ses efforts par ses amies, Mlle de Charolais et la comtesse de Toulouse.

Elles imaginèrent les *petits soupers* et les *petits appartements*, réduits délicieux qui plurent tellement au roi qu'il en fit pratiquer dans ses différents palais.

Sans être absolument séparés des appartements de représentation, il n'y avait cependant de communication que ce qu'il en fallait nécessairement pour le service.

Là avaient lieu ces dégoûtantes orgies auxquelles Mme de Mailly eut le tort d'habituer Louis XV.

Aimant le vin, elle en avait donné le goût au roi, et l'on y renouvelait les défis des anciens buveurs.

C'était à qui mettrait sous la table son adversaire

et, après une longue résistance, il fallait que des serviteurs affidés vinssent enlever également tous les convives, et les vaincus et les vainqueurs.

Voilà à quoi servaient les *petits appartements.*

Malgré l'exemple du passé, Mme de Mailly recevait encore chez elle une autre de ses sœurs. Elle s'appelait Mme de la Tournelle, avait une figure régulière et d'une grande beauté.

Elle possédait beaucoup de grâce et le bon ton du plus haut rang.

Le cérémonial de la cour, qu'elle pratiquait avec soin, lui donnait l'air d'une reine; aussi le roi ne l'appelait-il familièrement que sa *grande princesse.*

Des hardiesses ingénieuses avaient réussi à Mme de Vintimille pour plaire au roi.

La belle La Tournelle employait la modestie : affectant un air langoureux et des fluxions qu'elle n'avait pas, elle avait la coquetterie de cacher sa jolie mine sous une sorte de voilette que le roi relevait pour l'admirer, et souvent pour l'embrasser, tandis qu'elle le blessait au cœur de ses yeux étincelants.

Après avoir ainsi ému le roi pendant quelques mois, voyant qu'il était tombé dans ses filets, elle fit la fière.

Louis, qui ne reculait pas, tenta de vaincre; elle, de son côté, multipliait les obstacles et présentait des inconvénients auxquels le prince répondait par de nouvelles instances.

Le moment d'un refus formel ou des faveurs était

enfin arrivé. Ce fut alors que la marquise imposa les conditions suivantes :

La première qu'elle serait duchesse ;

La seconde, que sa sœur, Mme de Mailly, partirait de Versailles et se retirerait dans un couvent ;

La troisième, que le roi relèverait l'éclat de sa couronne en allant à l'armée : elle craignait que l'inaction et les amours du roi ne fussent nuisibles à son crédit, qu'elle voulait rendre durable ;

La quatrième, qu'elle aurait une maison, et que le roi fournirait ce qui serait nécessaire à sa représentation.

Le roi accorda tout ce qu'elle voulut, et néanmoins elle résista à ses prières au point que tout le monde la croyait la maîtresse assurée et qu'elle ne l'était pas encore réellement.

Cette jeune femme, qui dictait ses conditions, était la plus jeune des cinq filles du marquis de Nesles et elle avait épousé le marquis de la Tournelle.

Veuve à l'âge de vingt-trois ans, encouragée par l'exemple de ses sœurs, elle avait conçu l'espoir de captiver le cœur du monarque.

Elle portait, sous une enveloppe charmante, toute l'impétuosité des passions. Les Grâces semblaient l'avoir préparée pour l'amour. Elle était d'une blancheur éblouissante ; son maintien, nous l'avons dit, était noble, sa taille, élégante et bien prise ; ses regards dévorants annonçaient le besoin du plaisir.

Il était difficile de réunir dans la conversation plus d'enjouement, dans les manières, plus de charmes, dans le sourire, plus d'expression et plus de volupté. On connaît les conditions que cette déesse avait posées au roi. Celui-ci accorda tout. Il fit la marquise de la Tournelle duchesse de Châteauroux et lui accorda une pension de 80,000 livres.

Elle prit bientôt sur lui un empire absolu. Pour le maintenir, elle avait soin de ne pas user la passion de son maître :

« J'ai bien entendu gratter hier à ma porte, écrivait-elle un jour à Richelieu ; mais le roi s'est retiré quand il a vu que je restais dans mon lit et que je feignais de ne pas l'entendre. Il faut qu'il s'y accoutume. »

Le temps de la faveur de Mme de Châteauroux fut l'époque la plus brillante du règne de Louis XV.

Elle arracha le faible monarque aux délices d'une cour voluptueuse, le décida à se mettre à la tête de ses armées, et le traîna aux frontières pour arrêter le progrès de l'ennemi. C'est un fait constant qui ferait presque excuser le rôle honteux qu'elle occupa.

Quand on compare Mme de Châteauroux aux maîtresses qui lui ont succédé, on est porté à regretter sa mort prématurée ; et si l'ambition lui avait fait désirer la place de favorite, des sentiments plus généreux lui inspirèrent le désir de coopérer à la gloire de son pays et de rendre à son royal amant la dignité que des habitudes dégradantes lui avaient fait perdre.

Quel spectacle, en effet, que celui d'un roi mettant toute sa gloire à l'emporter, dans de crapuleuses orgies, sur ses vils compagnons de débauche! trouvant dans les fonctions de *cuisinier* un agréable délassement aux devoirs de la royauté, qu'il était cependant loin de remplir!

Mme de Châteauroux le régénéra, pour ainsi dire; mais cette noble impulsion devait bientôt s'éteindre sur la tombe de celle qui la lui avait donnée.

La duchesse tomba malade au commencement de décembre 1744 et elle mourut le 8 de ce mois. Ses derniers vœux furent pour la gloire de son amant qui parut plus sensible à cette perte que ne semblerait le faire supposer le profond égoïsme qui le caractérisait.

Le public, qui aime à croire ce qui est extraordinaire, soupçonna que Mme de Châteauroux, comme sa sœur, Mme de Vintimille, avait péri des effets du poison.

Quoi qu'il en soit, Louis XV se trouva alors sans favorites, et cette situation du monarque mit en jeu toutes les ambitions.

Le roi, pendant quelque temps, parut se plaire dans l'inconstance.

Plusieurs femmes de différents rangs, et même des grisettes, lui furent présentées, mais il ne parut s'attacher à aucune.

Le duc de Richelieu, qui était un courtisan très habile, fit en vain tous ses efforts pour établir auprès de Sa Majesté quelques-unes de ses maîtresses. De ce nombre furent Mme de la Poplinière et Mme Portail.

Qu'on nous permette ici quelques mots sur ces deux dames.

Mme de la Poplinière était chanteuse à l'Opéra et fut enlevée au théâtre par M. de la Poplinière, fermier général, homme par conséquent très riche, qui l'épousa.

Elle crut sans doute qu'elle ne pouvait trop se hâter de le punir de sa folie, en se livrant à la galanterie.

Le duc de Richelieu était à la tête de ses nombreux favoris. Il avait loué chez un tapissier un appartement attenant à celui de la dame et avait trouvé moyen de pratiquer par la cheminée une porte de communication qu'une grande plaque dérobait à la vue.

Une malheureuse révélation d'une des femmes de Mme de la Poplinière, qui voulut se venger de sa maîtresse, découvrit la secrète ouverture ; et le pauvre mari, au lieu de cacher sa honte en dissimulant son chagrin, allait raconter à tous ceux qui voulurent l'entendre la singulière aventure, avec toutes ses circonstances.

A Paris, ni en province, d'ailleurs, les rieurs ne sont pour les époux malheureux.

L'invention de la cheminée fut trouvée si belle, qu'elle attira une infinité d'éloges à la femme galante, à qui l'on en faisait honneur.

Son nom en devint si fameux qu'on le donna à toute sorte de choses : ce fut la mode d'avoir des jupes, des éventails, des coiffures et jusqu'à des cheminées à la Poplinière.

Quoique ayant de l'esprit, Mme de la Poplinière avait des manières affectées qui blessaient le monarque, aussi fût-elle aussitôt évincée qu'aperçue.

Quant à Mme du Portail, femme du président de ce nom, l'entretien qu'elle eut avec le roi, quoiqu'il ne fût pas poussé aussi loin qu'elle l'eût désiré, ce qu'elle attribuait à l'excès d'un amour respectueux qu'elle crut lui avoir inspiré, fit naître une aventure assez divertissante.

Mme de Portail, jolie, mais d'une vanité extrême, se mit dans la tête qu'elle avait fait la conquête du roi, et que le défaut seul d'une occasion sûre avait empêché le prince de lui en donner une preuve convaincante.

Elle se berçait de cette idée ravissante, lorsqu'à un bal masqué elle vit un homme qui, par ses airs, sa taille, sa voix, ressemblait si fort au roi, qu'on pouvait facilement le prendre pour le souverain.

Après avoir ôté son masque, elle se mit à l'agacer: cet homme, qui était de la garde du roi, et qui connaissait très bien la dame, profitant de son erreur, obtint d'elle tout ce qu'il put désirer dans la circonstance.

Or, Mme de Portail, toute orgueilleuse de l'aventure, affecta de rentrer en désordre dans l'assemblée.

Le garde du corps, ne se croyant pas obligé de respecter une faveur qui ne lui était pas destinée, et trouvant la chose trop belle pour ne pas la divulguer, suivit la galante dame dans la salle de bal et raconta sa bonne fortune à tous ceux qui voulurent l'écouter.

La Séduction

Telles furent les deux femmes qui eurent l'honneur d'être présentées au roi et la mortification d'être refusées.

Cent dames de la cour se disputaient l'honneur de remplacer la duchesse de Châteauroux, mais, quand il y a trop de concurrence, le choix hésite.

Comme un papillon au milieu d'un buisson de roses, le roi voltigeait de belle en belle sans se fixer.

Ces dames s'arrachaient les cheveux.

Donc, le manège de quantité de jolies femmes avait été sans succès, lorsqu'une fête magnifique fut donnée à Sa Majesté dans le vieil édifice de l'hôtel de ville de Paris.

C'est là qu'une femme masquée vint intriguer Louis XV et disparut en laissant tomber un mouchoir. Le roi, plus prompt qu'aucun de ses courtisans, ramasse le fin tissu de batiste.

« *Le mouchoir est jeté !* » s'écrie-t-on de toutes les parties de la salle, et de sombres nuages couvrirent le front de cinquante dames qui aspiraient à conquérir le cœur de Sa Majesté.

Quelle était l'heureuse mortelle qui faisait frémir d'impatience un souverain beau comme le jour ? C'était celle qui devait être la reine illégitime du pauvre royaume de France.

II

LA REINE DE LA MAIN GAUCHE.

Jeanne Poisson, devenue marquise de Pompadour, était la fille d'un commis de ce nom, attaché à l'administration des vivres de l'armée, sous la direction des quatre frères Pâris, les fameux financiers du règne de Louis XV.

Elle était née en 1722 et sa mère jouissait d'une réputation de galanterie à toute épreuve.

L'un des frères Pâris et M. Lenormand de Tourneham se sont disputé la paternité de Jeanne.

Malgré ce litige délicat, le second était si persuadé qu'il était le père de la jeune Poisson qu'il présida à son éducation avec une sorte de passion, surtout quand il vit qu'elle était fort intelligente et qu'elle avait une disposition particulière pour les beaux-arts.

En effet, dès l'âge le plus tendre, Jeanne se distinguait déjà dans la musique, dans la gravure sur cuivre et la gravure sur pierres fines : elle fit même de tels progrès dans ces arts que l'on compara depuis les productions de son burin aux plus jolies estampes dans le genre agréable et facile.

Les talents de la future marquise lui valurent même ce madrigal de Voltaire :

Pompadour, ton crayon divin
Devait dessiner ton visage :
Jamais une plus belle main
N'aurait fait un plus bel ouvrage.

A l'âge de dix-huit ans, on admira chez elle une ravissante beauté.

Mademoiselle Poisson était réellement majestueuse quand elle se trouvait dans un salon et qu'elle était obligée de représenter.

Si bien qu'on disait d'elle, dans la société qu'elle se forma dès le commencement de son mariage, qu'elle était jolie et belle à la fois, qualités qui s'excluent toujours.

La tendresse de son père présumé s'accrut avec l'âge de cette intéressante créature ; aussi, voulut-il la marier d'une façon qui ne permit pas de douter qu'elle était sa fille.

Le jeune Lenormand d'Etioles, neveu de celui qui joue ici le personnage de père, se mit sur les rangs.

Il eut l'occasion de rencontrer plusieurs fois chez son oncle la charmante jeune fille. A peine l'eût-il connue et fréquentée qu'il conçut pour elle une véritable passion.

Le jeune amoureux avait un caractère paisible, l'esprit facile et le cœur bon.

L'on a assuré depuis que M. Lenormand de Tourneham avait conçu, de loin, le projet de placer un jour sa fille dans la couche du roi, et qu'aucun autre ne lui avait paru plus propre que son neveu à endurer avec patience la métamorphose d'une épouse en maîtresse de Louis XV.

Toute la difficulté consistait à obtenir la permission du père du jeune homme qui trouvait dans ce mariage plusieurs sortes d'inconvenances.

Le nom et la naissance de Mlle Poisson n'étaient pas indifférents.

Le père Poisson, poursuivi pour sa gestion et ses infidélités dans ses emplois, et condamné à être pendu, s'était réfugié à l'étranger pendant plusieurs années, et quoiqu'un nouveau jugement eût cassé le premier, son nom portait une tare ineffaçable.

Ce n'était pas tout. La mère Poisson était une fort grossière bourgeoise de Paris qui, voyant le joli minois de sa fille, répétait à tout propos qu'elle avait l'intention d'en faire *un morceau de roi*.

De sorte que Mademoiselle Poisson, élevée en conséquence, s'entendit appeler un morceau de roi, dès les premiers jours de son adolescence.

Malgré toutes les difficultés, l'affection de M. de Tourneham pour celle qu'il croyait sa fille, aplanit bientôt les obstacles qui semblaient s'opposer aux vues de son neveu.

Il promit de donner la moitié de ses biens aux futurs époux et de leur laisser l'autre moitié après sa mort.

Mlle Poisson devint madame d'Etioles.

La jeune épouse, déjà très répandue dans la société, ne parut pas correspondre aux soins que son mari se donna pour lui plaire.

Celui-ci, cependant, n'épargna rien, ni en paroles, ni en divertissements, pour lui prouver jusqu'à quel point il en était épris.

Il lui accorda toute la liberté qu'elle pouvait désirer ; il eut soin de rassembler et d'entretenir dans sa maison la compagnie la plus variée qu'il y eût à Paris, compagnie dont Mme d'Etioles fut toujours l'ornement, tant par sa gaieté communicative que par son charme naturel.

Les vues que Mme d'Etioles s'étaient proposées sur le cœur du roi ; les conseils et les intrigues qui devaient la faire réussir, la rendirent circonspecte et sage dans le sein de sa société.

Elle ne renvoyait jamais un amant entièrement disgracié ; mais les faveurs qu'elle accordait avec réserve, successivement et par degrés, conservaient à sa disposition des personnages considérables.

Comme on dit aujourd'hui, elle jouait serré.

Elle disait aux plus pressants que le roi seul pouvait la rendre infidèle à son mari, tandis que Binet, son parent et l'un des premiers valets de chambre du roi, apprenait à ce prince, qui en parut très flatté, qu'il y avait dans Paris une bourgeoise, la plus jolie de la capitale, qui avait promis à son mari une éternelle fidélité, à l'exception de Louis XV, plaisanterie dont M. d'Etioles était le premier à badiner.

Louis XV, de son côté, chassant dans la forêt de Sénart, entra, un jour d'orage, au château d'Etioles et offrit au seigneur du lieu les bois du cerf qu'il venait de tuer.

M. d'Etioles, charmé de la gracieuseté du roi, plaça dans son salon ce présent de mauvais augure, où il resta, dit-on, longtemps après que Mme d'Etioles eût changé, par sa conduite, ce présage en réalité.

En attendant, celle-ci, élevée dans l'espérance de devenir la maîtresse du monarque, se joignait à son mari pour rire de ce qu'il y avait de plaisant dans cette offre si étrange.

Personne ne voyait encore dans cette circonstance que du badinage, mais les mesures que Mme d'Etioles prenait n'en étaient pas moins sérieuses.

Elle avait conçu le projet de captiver le cœur du roi, et cette résolution l'obligeait à ne rien oublier de ce qui pouvait assurer sa conquête.

La chasse était un des plus grands divertissements de Louis; elle fit connaître à son mari le penchant qu'elle sentait elle-même pour ce plaisir et pour la promenade.

Celui-ci était bien éloigné d'y opposer la moindre résistance.

Elle se fit faire des habits d'une grande richesse et d'un goût très délicat; elle se procura à grands frais un équipage des plus brillants; elle mit tout en jeu pour fixer les regards du souverain et atteindre le but qu'elle se proposait.

Elle ne manquait pas d'accompagner le roi dans toutes ses parties de chasse, non pas comme appartenant à sa suite, mais comme simple spectatrice.

Elle s'étudiait à croiser la voiture royale, à la rencontrer le plus souvent possible ; mais elle eut la mortification de voir que toutes ses démarches furent longtemps vaines et ses avances inutiles.

Enfin, comme il était facile de la distinguer, à cause de sa taille élégante et de sa jolie figure, le roi passa si souvent auprès d'elle qu'il finit par la remarquer et demanda qui elle était, sans faire entrevoir aucun désir.

Ces manèges et ces coquetteries ne purent échapper à la vue perçante d'une rivale qui s'était tellement emparée alors de l'esprit du roi que ce prince était devenu inaccessible aux impressions de toutes les belles.

Cette rivale, nous en avons parlé : c'était Mme de Châteauroux, l'une des filles du marquis de Nesle.

Elle avait observé que Mme d'Etioles se trouvait à toutes les chasses, que ses regards étaient sans cesse dirigés vers le roi, et qu'elle cherchait, par tous les moyens, à lui faire admirer les charmes qui la distinguaient.

Celle-ci, néanmoins, continuait ses promenades favorites et persistait à poursuivre Louis XV de ses agaceries.

Elle paraissait dans la forêt de Sénart, comme une déesse descendue du ciel, tantôt vêtue d'une robe d'azur dans un phaéton couleur de rose, et tantôt d'un habit rose dans un phaéton couleur d'azur.

Sa beauté était éclatante. Aussi, Mme de Châteauroux, qui redoutait déjà l'inconstance de son royal amant, prit-elle ombrage de ce qu'elle voyait, et fit-elle suivre avec soin toutes les démarches de celle qui s'appliquait à la supplanter.

Mme d'Etioles ne se contentait pas de pourchasser Louis XV dans la forêt de Sénart, elle le suivait même au château de Versailles et allait se poser en face de Sa Majesté, le jour où le public était admis au dîner du prince.

Un dimanche que Mme d'Etioles, confondue dans la foule, était venue étaler ses charmes au grand couvert, Mme de Châteauroux, cédant à un mouvement de jalousie, alla se placer entre le roi et sa rivale, comme un écran, chercha des pieds la rencontre des siens et les écrasa de tout son poids pour la punir, par ce châtiment secret, de marcher sur ses brisées et de chasser sur le même terrain qu'elle.

Mais l'ambition de Mme d'Etioles fut si patiente que rien ne fut capable de la détourner de son projet.

Mme de Châteauroux, de son côté, persista à ne pas céder et à conserver sa royale conquête.

Voulant renverser d'un seul coup tous les desseins que Mme d'Etioles pouvait avoir formés, elle prit le ton d'une favorite déclarée et fit signifier à sa rivale qu'elle n'avait rien de mieux à faire que de s'abstenir des parties de chasse du roi, qui deviendraient désormais dangereuses pour elle, si elle avait encore l'audace de les fréquenter.

Cette dernière, qui se sentait trop faible pour résister à la maîtresse en titre de Louis XV, se crut obligée de se conformer aux ordres accablants qu'elle avait reçus.

Ses belles amours parurent quelques instants s'attendrir, mais son ambition se concentra dans son cœur.

Voici dans quelles conditions le succès tant désiré se décida. Quand le roi eût tâté de tout, quand il eut voltigé de belle en belle, il sentit un dégoût subit pour les petites intrigues qui l'avaient amusé jusque-là.

Il trouvait que, bien loin de donner de la vivacité à ces plaisirs, elles aboutissaient à les dénaturer et à les corrompre.

Un soir qu'il allait se mettre au lit, il s'en ouvrit à Binet, son valet de chambre de service, et il lui fit connaître qu'il était las de voir si souvent de nouveaux visages, sans trouver une personne digne de le fixer.

Il lui demanda s'il n'en connaissait aucune qui pût répondre à ses désirs et qui eut assez de mérite pour l'attacher uniquement.

Binet, charmé de la confession que lui faisait Louis XV, l'assura qu'il connaissait une jeune dame qui ne manquerait pas de lui plaire, que cette dame était sa parente et qu'elle avait toujours été amoureuse du roi, depuis qu'elle avait eu, pour la première fois, le bonheur de le voir, et qu'elle nourrissait les sentiments les plus tendres pour la personne de Sa Majesté.

Cette réponse excita la curiosité du roi qui lui demanda le nom de cette jeune dame.

Binet tâcha de lui rappeler à l'esprit qu'il l'avait

vue dans la forêt de Sénart et qu'il s'était déjà informé de la belle inconnue.

Le roi s'en ressouvint parfaitement. Il lui avoua qu'elle lui avait plu autant qu'il était possible de lui plaire, malgré l'attachement qu'il avait alors pour Mme de Châteauroux.

Il ajouta qu'il serait charmé d'avoir un entretien secret avec elle et qu'il le chargeait de lui en ménager l'occasion.

Binet, avec ses instructions, se rendit le lendemain chez Mme d'Etioles et lui fit le récit de ce qui s'était passé.

Elle accepta la partie avec un empressement égal à son ambition et tout fut réglé sur le champ pour qu'elle passât la nuit hors de chez elle, sans que son mari s'en aperçut.

A l'heure indiquée, Madame d'Etioles se trouva au rendez-vous ; le roi passa la nuit avec elle et la renvoya, le lendemain, avec assez de froideur : il fut même longtemps sans en parler à Binet.

On peut s'imaginer le chagrin du confident et le dépit de la maîtresse.

Après s'être reposée avec tant de confiance sur le pouvoir de ses charmes, après avoir travaillé depuis tant d'années à se créer la position qu'elle avait cru conquise, en être réduite à croire que ses attraits n'ont fait sur le cœur du roi aucune impression capable de faire renaître les désirs.

Quelle déception ! Quelle disgrâce !

Plus d'un mois s'était écoulé dans cette indifférence

lorsqu'un soir, le roi, s'adressant à Binet, lui demanda en riant ce que faisait sa parente et ce qu'elle pensait de lui. Binet dit que Madame d'Etioles ne cessait de pleurer, qu'elle ne s'occupait que de Sa Majesté, qu'elle ne songeait qu'à elle, que son image était constamment sous ses yeux et que, dans son sommeil elle ne rêvait que de lui.

— Est-ce qu'elle pleure son péché, répliqua Louis XV. Pour parler franchement, ajouta-t-il, je craignais qu'elle ne fût, comme les autres, livrée à l'ambition et à l'intérêt, passion bien moins noble et bien plus condamnable que l'ambition de plaire ; d'ailleurs, je peux bien dire qu'elle m'a plu ; je voulais aussi voir quel effet produiraient sur elle les apparences de mon dédain

Binet était trop bon courtisan et l'intrigue dans laquelle son intérêt personnel était engagé lui était trop chère pour ne pas donner au roi toutes les assurances capables d'allumer sa passion et d'affaiblir tous ses doutes.

Il lui fit remarquer particulièrement que l'intérêt, cette vile passion des âmes mercenaires, aurait d'autant moins de prise sur elle, qu'elle possédait une fortune qui la mettait à son aise ; que toutes les apparences le portaient à croire qu'elle n'aimait le roi que pour sa seule personne, et que toute autre considération n'était certainement pour rien dans son amour.

— Eh bien ! dit Louis XV, si cela est, je serai charmé de la revoir.

La visite ne rencontra pas de difficulté, le roi la vit et, cette seconde fois, l'entrevue fut bien différente de la première : elle fut même décisive.

Madame d'Etioles sut captiver le monarque de façon qu'il attendît avec la plus grande impatience le moment de la revoir. Dès lors, son amant la vit par intervalles indéterminés, jusqu'à ce qu'enfin la conquête fût achevée et qu'il ne vécût que pour elle.

On croit généralement que les heureux succès de Madame d'Etioles furent dus en partie aux instructions de sa mère.

Cette femme, initiée à tous les mystères de la galanterie, habile dans le métier des infidélités, possédait à la perfection l'art de donner du plaisir.

Ses leçons furent secondées par sa fille par lesplus heureuses dispositions naturelles.

Madame Poisson mourut peu de temps après avoir vu la faveur de Jeanne, et la grande joie qu'elle en ressentit contribua, dit-on, à abréger ses jours. Elle avait travaillé toute sa vie à réaliser le projet que sa *tendresse* avait formé.

Madame d'Etioles, cependant ne pouvait passer tant de nuits hors de chez elle sans que ses absences réitérées donnassent de l'inquiétude à son mari.

Les alarmes de celui-ci s'augmentèrent d'autant plus qu'il voyait sa femme mettre de côtétous égards et ne garder aucune mesure. Il ne tarda guère à être instruit de son malheur et à connaître le nom de celui qui en était l'autcur.

Comme il aimait trop sa femme pour vouloir la partager avec un autre, la découverte de son infidélité fut pour lui un vrai coup de foudre.

Bien résolu à ne pas s'en tenir là, il commença par prendre le ton d'une personne offensée et à user de la puissance que lui accordait son titre d'époux.

Cette sévérité ne fit qu'exaspérer sa femme et hâter l'exécution des mesures qu'avait prises le roi avec son amante.

Fière d'une protection qui lui était assurée, elle leva hardiment le masque, et après avoir arboré le pavillon ennemi, elle ne craignit pas d'aller chercher un asile à Versailles.

Le pauvre d'Etioles, abandonné de son épouse, et toujours fidèle et amoureux, jeta les hauts cris et remplit la capitale de ses plaintes.

Il avait tout tenté pour faire revenir la parjure à son devoir lorsqu'il reçut un beau matin un avis officieux, en forme de lettre de cachet, qui l'invitait à se calmer un peu et à partir pour Avignon, afin d'y respirer à son aise.

Forcé d'obéir, il se rendit au lieu de son exil. Là, toujours éperdûment amoureux de sa femme, il se livra à des transports si violents qu'il en eût une fièvre qui fit craindre pour ses jours.

Il en échappa pourtant, grâce à la force de son tempérament et aux vives remontrances de quelques amis qui parvinrent à lui faire sentir toute la sottise qu'il y avait à vouloir renoncer à la vie pour une épouse ingrate qui, bien loin de pleurer sa mort, serait la première à s'en réjouir.

Un an passé à Avignon donna le temps à la réflexion de produire son effet.

L'infortuné mari fini enfin par se calmer. Il travailla ensuite à faire cesser son exil, ce qu'il obtint aisément, sous la promesse de laisser les choses aller à leur gré, d'être content de sa position et de ne plus songer à sa femme.

A cette grâce, si c'en est une, on ajouta certains avantages qui purent mieux le satisfaire ; il fut revêtu de divers emplois dans la finance, qui lui rapportaient plus de quatre cent mille livres par an ; il obtenait, en outre, toutes les faveurs qu'il demandait à la cour pour ses amis.

Quoiqu'il ne vît jamais son épouse, il correspondait assez souvent avec elle. Quand elle avait l'intention d'aller au spectacle, elle avait soin d'en informer son mari, afin d'éviter de le rencontrer sur son passage.

Elle était, d'ailleurs, bien avertie que le jour où elle se rencontrerait au théâtre avec lui, le public accorderait des applaudissements à l'époux outragé.

Madame d'Etioles, dès son entrée à la cour, se vit entourée d'ennemis qui cherchaient à lui nuire ou à la supplanter. En conséquence, elle s'essaya à se fortifier contre les dangers qui l'environnaient.

Plaire au roi, étudier son caractère, furent ses premières occupations.

Fine et rusée comme elle l'était, elle eut bientôt pénétré son royal amant et fait connaissance avec toutes ses faiblesses.

Profitant de ses découvertes, elle sut si bien les mettre à profit dans l'intérêt de sa position que le roi fut convaincu qu'il ne trouverait jamais une personne avec laquelle il put passer des jours aussi tranquilles et aussi heureux. C'était un succès dû à une intelligence de premier ordre.

Les rois, bien plus que le reste des hommes, sont exposés à devenir la proie de la tristesse et de l'ennui. La malheureuse facilité qu'ils ont de se procurer des plaisirs, l'empressement extraordinaire d'une foule de courtisans, uniquement occupés à les faire naître, en épuisent bientôt le fond, et, la source une fois tarie, le mal est sans remède.

De là vient toute la peine qu'ont rencontrée les personnes qui se sont donné pour fonctions de donner des divertissements aux princes. Il faut avoir l'esprit inventif pour en découvrir qui aient le bonheur de les satisfaire.

Diversifier les plaisirs avec goût et les présenter toujours sous des formes nouvelles, c'était le grand talent de Madame d'Etioles, et, sous ce rapport, c'était la personne qui convenait le mieux à Louis XV le plus ennuyé de tous les monarques.

Aux grâces les plus touchantes, à l'agrément d'une éducation soignée, la favorite joignait encore, ce qui était très important à Versailles, l'art de badiner dans un ton inconnu au roi et à la cour.

Son adresse ne manquait pas de donner du prix aux plus simples bagatelles ; personne n'avait plus de charme qu'elle à raconter une histoire ou les petits événements du jour.

Elle chantait à la perfection et pouvait s'accompagner sur plusieurs instruments. Elle dansait avec la légèreté d'une nymphe, dont elle avait toute la grâce et l'agilité ! Elle excellait surtout dans l'art de montrer, toujours à propos, ses heureuses qualités et de les faire paraître juste au moment favorable où elles pouvaient être le mieux appréciées.

Sa pénétration allait jusqu'à découvrir l'instant où le divertissement qu'elle imaginait pour le roi cesserait d'être agréable ; et cet instant, elle ne le faisait pas attendre.

La scène et le décor étaient changés qu'on n'était pas encore revenu de la surprise et de l'admiration qu'ils avaient inspirée.

Avec tant de talents pour plaire au roi et à ses favoris, pouvait-il se faire qu'elle ne devint pas l'oracle du palais de Versailles ?

Nul divertissement n'était réputé tel, s'il n'était de son invention, ou s'il n'avait mérité l'honneur de son approbation.

C'était elle qui donnait le ton à ces petits soupers que Louis XV aimait tant, auquels n'étaient admis que les intimes, et d'où était banni toute espèce de cérémonial.

- APRÈS LA VICTOIRE -

Le roi avait tant besoin de croire que cette femme était nécessaire au bonheur de ses jours qu'il désapprit l'inconstance.

Madame d'Etioles lui était devenue réellement nécessaire ; aussi, rien ne coûtait à ce prince quand il s'agissait de donner à sa maîtresse des preuves de son amour.

Cependant, Louis avait été jusqu'alors plus parcimonieux que prodigue. Naturellement porté à l'épargne, on ne l'avait point vu récompenser bien libéralement les faveurs de ces premières maîtresses.

C'était à Madame d'Etioles et à ses puissantes influences qu'il était réservé de lever les écluses du trésor royal et d'en faire couler les eaux avec abondance sur elle et sur les siens.

Elle reçut d'abord un marquisat avec le titre de marquise de Pompadour.

Poisson, qui n'était son père que parce qu'il avait épousé sa mère, avait d'abord obtenu sa grâce et reçu *une somme* assez forte pour le mettre à l'aise le reste de ses jours.

Son frère, qui n'était digne d'attention que parce qu'il était son frère, fut fait marquis de Vandière. Les courtisans le nommèrent marquis *d'avant-hier*, raillerie qui fut cause qu'il prit le titre de marquis de Marigny, la bonté du roi l'ayant mis en état d'acheter le marquisat de ce nom.

Il fut, en outre, nommé directeur et ordonnateur général des bâtiments, jardins, arts et manufactures du royaume, poste important dont les honoraires étaient considérables.

Toutes ces dignités ne lui donnaient cependant pas le mérite nécessaire à la place qu'il occupait; aussi, le vieux Poisson, son père, ne pût-il s'empêcher de dire :

« Pour ce qui est de ma fille, elle a de l'esprit, elle est belle, elle mérite tous les égards du roi; mais que le roi fasse tout pour mon fils Charles, c'est une action impardonnable à mes yeux ».

Le père Poisson était jaloux de son fils.

Il est vrai que le roi, malgré sa tendresse, ne pouvait se défendre de se moquer de Marigny.

Quelques courtisans parlant un jour en sa présence de la promotion prochaine des chevaliers des ordres, nommèrent quelques-uns de ceux qu'ils croyaient devoir être honorés du cordon bleu, et mirent le jeune marquis du nombre.

« Non, dit le roi, c'est un trop petit poisson pour le mettre au bleu. »

Cette saillie ne pouvait guère être permise qu'au monarque et jamais, si elle n'eût été de lui, on n'aurait osé la répéter.

Après avoir assuré le sort de son frère et la fortune de sa sœur, la marquise de Pompadour pensa aux autres membres de sa famille.

Un certain Poisson, tambour au régiment de Piémont, apprit la rapide élevation de sa cousine et s'empressa de venir réclamer sa protection. Elle chercha à le faire entrer dans le régiment du roi.

Les officiers de ce corps s'y opposèrent et ne dissimulèrent pas à l'ex-tambour qu'il finirait par succomber en duel, à moins, ce qui était peu probable, qu'il ne tuât tous ses camarades.

Madame de Pompadour voulait faire punir le régiment, mais on était en guerre et on craignait un mécontentement.

Le cousin fut nommé lieutenant de dragons, puis capitaine ; il passa ensuite dans les carabiniers et mourut maréchal de camp, avec la réputation d'un brave militaire.

La marquise avait de son mari une fille charmante nommée Alexandrine, élevée au couvent de l'Assomption. Quand elle fut en âge d'être mariée, sa mère songea à lui procurer un brillant établissement et jeta les yeux sur le duc de Fronsac, fils du duc de Richelieu.

Elle devait d'autant moins s'attendre à un refus que le père de ce jeune homme lui faisait la cour la plus assidue et qu'il était comblé des faveurs du roi.

Richelieu, cependant, ne fut rien moins que flatté de cette proposition ; il se tira d'embarras en disant qu'il était très sensible au choix de Madame de Pompadour, mais que son fils ayant l'honneur d'appartenir par sa mère à la Maison de Lorraine, les bienséances exigeaient qu'il eût l'agrément de cette famille, et qu'il le demanderait.

La favorite comprit ce que cette réponse avait d'évasif ; elle parut malgré cela approuver les raisons du duc, qui n'aurait su comment se tirer d'embarras sans la mort imprévue de Mademoiselle d'Etioles.

On voit que Madame de Pompadour n'oubliait aucun des membres de sa famille.

L'habile marquise avait su inspirer au roi le goût de donner libéralement et le prince en contracta insensiblement l'habitude.

Elle pouvait à son gré disposer du trésor royal et elle en disposait impitoyablement.

Outre les sommes immenses qui sortaient pour fournir aux folles dépenses auxquelles elle entraînait le monarque, elle en obtenait de plus grandes sommes encore pour elle-même.

Cet argent, joint à ce qu'elle retirait de la vente de sa protection, de la distribution des charges et des emplois et de mille autres moyens que la puissance royale mettait entre ses mains, fut incalculable. Une partie était placée dans les principales banques d'Europe, une autre était employée en bâtiments et à l'acquisition de nombreuses terres et de nombreux châteaux.

A Paris, elle acheta un palais près des Tuileries, nommé l'hôtel d'Evreux. Ne le trouvant pas à son gré, elle le fit abattre pour en élever un autre à sa place.

Ce fut pour les Parisiens un très grand déplaisir de voir le palais d'un prince en la possession d'une maîtresse du roi, et d'une maîtresse tirée de la lie du peuple.

Quand on ôta l'enseigne où était écrit le nom de l'ancien hôtel pour y attacher celui de Pompadour, les murs du palais furent couverts de pasquinades, de chansonnettes envenimées et de satires piquantes qui faisaient connaître l'esprit de la nation.

Une circonstance vint encore augmenter le mécontentement du peuple.

Ce mécontentement se manifesta par une espèce d'émeute.

La propriété de la marquise était contiguë à un terrain assez spacieux, où la noblesse et les personnes de distinction se promenaient en carrosse.

Pour agrandir les jardins de l'hôtel, on prit une portion de cette belle promenade, ce qui fut généralement regardé comme un vol fait au public.

Quoique le roi eût donné son autorisation à cet empiètement, la populace cependant s'attroupa sur le lieu des travaux et tomba sur les ouvriers travaillant à la muraille qui devait enclôre les jardins.

On fût obligé de recourir à la force armée pour apaiser cette espèce d'insurrection et mettre les ouvriers à l'abri des violences.

A peu près dans le même temps, la marquise de Pompadour acheta à Versailles un autre hôtel d'une grande magnificence, qui ne le cédait en rien à l'hôtel d'Evreux.

Ayant ses appartements au château, la marquise n'avait pas besoin de cette habitation ; mais ce n'était pas pour elle qu'elle avait acheté le nouveau palais. Il était destiné à loger le nombreux personnel qui composait la maison qu'elle s'était formée.

Le roi donnait à pleines mains à son avide maîtresse et celle-ci profitait de sa position pour augmenter sa fortune et enrichir sa famille.

Toute la cour murmurait en secret de la faiblesse du prince ; le peuple gémissait de tant de prodigalités ; le mécontentement était général.

Il ne faut donc pas s'étonner si les intrigants et les envieux se remuèrent plus que jamais et firent tous leurs efforts pour perdre celle qui était trop préoccupée de ses intérêts particuliers pour s'attacher le moins du monde à ceux des autres.

La favorite avait découvert deux moyens certains d'assurer sa conquête. Le premier consistait à étudier l'humeur du roi et à prendre à tâche de s'y conformer en tout, ce qui faisait que Louis XV ne trouvait pas de plaisir plus grand que d'être en sa compagnie.

Le second moyen était d'éloigner du roi toutes les femmes de qualité qui briguaient effrontément l'honneur du mouchoir et de prévenir l'inconstance du monarque en lui fournissant des maîtresses passagères, sans ambition comme sans importance, et trop novices pour songer à la supplanter.

Bien en prit à la Marquise de faire la découverte de ces philtres mystérieux qui lui attachaient invinciblement le cœur du roi, car, à peine avait-elle vécu quelques années avec son royal amant, sur le pied d'une maîtresse, qu'elle fut mise hors d'état de remplir ce qu'on regarde ordinairement comme le point essentiel de sa condition.

Un dérangement auquel son sexe est sujet vint l'attaquer avec tant de force que, de l'avis de ses médecins, le roi fut obligé de rompre tout commerce voluptueux avec elle.

Dès qu'à la cour on connut l'infirmité de la marquise, on crut faussement que son règne était fini et que sa faveur allait cesser.

Maurepas fut un des premiers qui se laissa tromper par cette opinion ; il en fût aussi une des premières victimes.

Outre qu'il était ministre d'Etat, il avait encore l'honneur d'être du nombre des courtisans intimes qui possédaient les bonnes grâces de Sa Majesté. Il avait été élevé avec le roi et, à peine majeur, reçu d'importantes charges.

Un jour de fêtes à la cour, Mme de Pompadour présenta à Louis XV un bouquet de roses blanches, ce qui fût bientôt raconté à M. de Maurepas.

Ce ministre, qui avait l'esprit très porté à la plaisanterie, dit, à ce sujet, qu'il s'était bien imaginé que tôt ou tard Mme de Pompadour ferait au roi un présent de fleurs blanches.

Cette allusion fut relevée avec empressement par quelques personnes qui se trouvaient présentes, et elle courut bientôt toute la cour.

La pensée fut mise en vers et consignée dans un billet qui fut un jour placé malicieusement sous le couvert de la marquise avant de dîner.

La pensée, les vers et le billet furent attribués à M. de Maurepas.

Aucun outrage ne pouvait affecter davantage la favorite ; sa colère fût extrême, et le roi partagea son ressentiment. Dès ce jour, Maurepas perdit sa charge et le crédit dont il jouissait auprès du souverain.

Maurepas ne fut pas le seul qui montra le danger qu'il y avait à offenser Mme de Pompadour.

De Rességuier, chevalier de Malte et officier de la garde du roi fut plus malheureux encore. Il avait fait contre elle un quatrain où la faiblesse du roi était attaquée avec beaucoup de violence. Le sens de ce quatrain : qu'un roi qui s'abaissait jusqu'à tirer du néant la personne du monde la plus vile, pour l'honorer de son amour, ne pouvait être susceptible que de bassesses.

On soupçonna tout d'abord le chevalier de Rességuier d'en être l'auteur. Sur le simple soupçon, on choisit le moment où il n'était pas chez lui ; on fouilla dans ces papiers, on trouva ce qu'on cherchait.

Un brouillon, chargé de ratures et écrit de sa main, déposa contre lui et servit à prouver qu'il était l'auteur des vers. Il fut condamné à passer ses jours dans l'étroite cage du Mont-Saint-Michel : punition mille fois plus rigoureuse que le dernier supplice ; car cette cage, qui avait la forme d'un cube, était trop étroite dans tous les sens pour que le prisonnier pût s'étendre ou se tenir debout.

Il passa sept années dans ce malheureux état et les instantes prières de l'Ordre de Malte ne lui procurèrent aucun soulagement qu'un échange avec l'étroite prison du château de Pierre-en-Cise, où il lui fut permis de faire usage de ses membres.

A peine fut-il resté quelques mois dans sa nouvelle

prison que Mme de Pompadour, se piquant tout à coup de grandeur d'âme, lui procura son élargissement, avec la permission de retourner à Malte.

Sortie d'une position inférieure et élevée subitement au premier rang, la marquise ne pouvait s'empêcher, en comparant son origine avec son élévation, *d'avoir des* mouvements de vanité.

Rien n'est plus propre à faire connaître la haute idée qu'elle avait d'elle-même que le cérémonial qu'elle avait introduit dans la chambre où elle recevait ses visites, lorsqu'elle était à sa toilette.

Elle ne voulut jamais y souffrir d'autre siège que son fauteuil. C'était une sorte de grâce qu'elle accordait au roi, quand il venait la voir, que de lui faire donner une chaise.

Pour les princes du sang, les cardinaux et quelques autres personnages de la première distinction, comme elle n'osait pas s'asseoir devant eux sans leur offrir une chaise, parce qu'elle ne croyait pas pouvoir le faire impunément, elle les recevait debout et ne s'asseyait qu'au moment où ils se retiraient.

On n'en finirait jamais si on voulait rapporter les preuves qu'elle a données d'un orgueil qui, tant de fois, fut la risée de la cour, et, en particulier, des courtisans qui montraient le plus de complaisance à son égard.

Quelques exemples en feront foi :

Le marquis de Souvé étant un jour à la toilette de la marquise, et ne trouvant pas de chaise, s'assit sur un des bras de son fauteuil, et continua à causer comme auparavant.

Mme de Pompadour, enrageant de cette familiarité, s'abandonna à l'excès de sa colère et alla se plaindre au roi de l'outrage de M. de Souvé.

Le roi saisit la première occasion qui se présenta d'en parler au marquis.

« Sire, lui dit le marquis, j'étais diablement las, et ne sachant où m'asseoir, je me suis aidé où j'ai pu. »

Cette réponse cavalière fit rire le roi, et comme le marquis avait le bonheur d'être une espèce de favori, l'affaire n'alla pas plus loin.

Voulant trancher de la grande princesse, elle avait voulu avoir un gentilhomme à son service. Elle choisit à cet effet un jeune homme d'une des meilleures et des plus anciennes familles de la Guyenne.

Il se nommait d'Inville. Tout le monde, à cette occasion, fut embarrassé pour décider lequel des deux l'emporterait, ou de la vanité de la favorite, ou de la bassesse du gentilhomme.

Elle avait un maître d'hôtel, nommé Collin, et elle ne le crut pas digne de la servir s'il n'avait la décoration de quelque ordre.

Pour elle, elle conçut non seulement cette idée, mais son crédit auprès du roi vint encore à bout de la mettre à exécution, et Collin fut maître des comptes de l'ordre militaire et royal de Saint-Louis.

Il est vrai que cette charge de maître des comptes ne le faisait pas chevalier de Saint-Louis ; mais elle produisait à peu près le même effet en lui permettant de porter la croix et les autres insignes de l'ordre.

Ainsi, Mme la marquise de Pompadour, aux yeux de qui les dehors valaient toujours la réalité, avait la satisfaction de voir derrière sa chaise les apparences d'un chevalier de Saint-Louis, avec la croix sur la *poitrine* et la serviette sous le bras.

Si elle avait voulu jeter un ridicule sur l'ordre, elle n'y aurait pas mieux réussi.

C'est ainsi que le gouvernement pour mettre en discrédit la toile de Chine que nous vendaient les Anglais et dont la vente nuisait à nos manufactures ordonna, sous Louis XIV, que la cour serait obligé d'en porter, chaque fois qu'il perdrait quelqu'un.

La vanité de la marquise croissant toujours avec son crédit, rien ne pouvait plus la contenter que les honneurs du Louvre.

Ces honneurs consistaient principalement à prendre le tabouret, à s'asseoir en présence de la reine, et à lui être présentée, au moment de l'installation, pour en recevoir un baiser.

Il y avait une très grande indiscrétion de la part de Mme de Pompadour à faire une pareille demande. Elle ne devait ignorer ni sa naissance, ni les sentiments de la reine à son égard.

Elle devait aisément soupçonner que l'épouse de Louis XV ne verrait pas la favorite avec plaisir.

Cependant un excès de complaisance ne permit pas à cette vertueuse princesse des oppositions contre la volonté du roi.

Tout céda aux ordres et au crédit de la candidate, tout fléchit, jusqu'à l'étiquette de la cour, qui n'accordait cette prérogative qu'à des duchesses.

Aux objections qui lui furent faites, elle répondit audacieusement que sa qualité de maîtresse du roi était la base de ses prétentions, s'autorisant de l'exemple de Mme de Montespan, qui avait obtenu les mêmes honneurs de Louis XIV.

Elle assura qu'il n'y avait rien de criminel dans son commerce avec le roi ; que tout se réduisait à un amour *platonique*.

Sa réussite ne fut pas complète. Au milieu de son triomphe, elle essuya certaines mortifications qui eurent pour résultat d'égayer la cour pendant quelques moments.

Selon les lois du cérémonial usité en cette circonstance, la marquise, après avoir été présentée à la reine, devait être conduite devant le dauphin et recevoir de lui l'accolade. Lorsque la favorite lui fut présentée, le prince, en l'embrassant, tira la langue, et donna encore diverses autres marques du mépris qu'il avait pour elle.

La Pompadour ne put remarquer la moquerie du Dauphin ; mais lorsqu'elle l'apprit, elle pensa en crever de dépit.

Dans sa colère, elle courut chez le roi pour lui en faire part. Elle lui raconta la manière ignominieuse dont elle avait été reçue ; elle ne manqua pas de représenter l'action du Dauphin sous les couleurs les plus noires ; elle finit par faire entendre à Sa Majesté qu'elle était résolue à quitter la cour plutôt que de s'y exposer à de telles avanies.

Le roi pénétré de colère contre le Dauphin, crut que manquer de respect à Mme de Pompadour, c'était en manquer à lui-même. Il épousa la cause de sa maîtresse, et le lendemain, au moment où le Dauphin se disposait à le visiter, il lui donna ordre de se rendre à son château de Meudon.

Presque toute la cour, les ministres, la reine implorèrent pour lui : le roi se montra inflexible ; il ne voulut entendre parler d'accommodement qu'à la condition que le Dauphin se rendit en personne chez Madame de Pompadour pour nier la bouffonnerie qu'on lui attribuait.

La marquise reçut cette déclaration comme aurait pu le faire une personne de sang royal. Elle répondit au prince, avec la même *vérité*, qu'elle n'avait ajouté aucune foi à ce qu'on disait au sujet de son installation. La favorite poussa la complaisance jusqu'à graver le portrait du Dauphin.

Tel fut le dénouement de cette scène comique.

Le Dauphin fut blâmé de s'être abaissé à ce point ; mais ceux qui le blâmèrent ne réfléchirent pas à la double obligation que lui imposait sa qualité de fils et de sujet.

Certainement, il y avait une faute dans cette punition, elle était sans contredit beaucoup moins grande dans celui qui obéissait que dans le monarque qui l'avait ordonnée.

L'orgueilleuse favorite, qui avait réussi à obtenir

les honneurs du Louvre, ne fût pas encore satisfaite.

Enflée de ses succès, elle devint encore plus entreprenante et crut devoir employer son crédit à faire de nouvelles tentatives.

Elle se mit dans la tête d'être dame du palais de la reine, faveur qui n'était accordée qu'aux personnes que distinguaient le rang, la naissance et la dignité.

La reine s'était rendue sans résistance dans l'affaire des honneurs du Louvre, mais, cette fois, elle se permit de résister au roi en marquant sa répugnance et son dédain pour la femme qu'on voulait lui imposer.

Parmi les raisons qu'elle donnait, elle insistait sur ces points : qu'il y aurait trop d'indécence pour elle à accorder cette place à une personce qui vivait dans une frauduleuse séparation de son mari, n'osant même pas s'approcher des autels pour y recevoir la communion ; que, pour elle, elle ne trouvait rien à redire à l'innocence du commerce de la marquise avec le roi ; mais que cela ne réparait nullement la brèche que faisait Mme de Pompadour à sa réputation, puisque, bien qu'elle fût mariée, elle vivait comme si elle ne l'était pas, sans remplir aucun des devoirs d'une femme qui ne doit être que dans la maison de son mari.

Elle ajoutait que Sa Majesté pouvait ordonner ce que bon lui semblerait, qu'elle se ferait toujours un devoir d'obéir ; mais qu'elle espérait que lui-même aurait assez d'égards envers la famille royale pour ne pas lui faire un affront pareil ; que la place en question exigeait un honneur trop délicat pour qu'on la donnât à une personne de vertu équivoque qui n'osait même pas prétendre aux bienfaits de la communion pascale.

Louis XV qui, d'un côté, se faisait un scrupule de désobliger la reine et de rien changer à l'ordre établi, mais qui, de l'autre, ne pouvait se résoudre à infliger un refus à sa maîtresse, fut dans un embarras cruel sur le parti qu'il avait à prendre. Au fond, il sentait que la reine avait raison.

Celle-ci tenait ferme dans sa résolution de ne pas recevoir la favorite au nombre de ses dames d'honneur, à moins qu'elle n'y fût contrainte par l'ordre du roi. Le motif qu'elle avait présenté, de sa résistance, ne pouvait être mal interprété ; la malice la plus décidée n'aurait pu, quelque effort qu'elle eût fait, y trouver les moindres traces d'une offense.

Mme de Pompadour elle-même, malgré la fécondité de son esprit, se crut sans ressources vis-à-vis d'un obstacle qui lui paraissait insurmontable.

En effet, en vivant depuis si longtemps séparée de son mari, elle donnait à la critique le droit de faire de tristes conjectures, d'autant plus qu'elle n'osait aller à l'autel faire ses pâques.

Deux raisons puissantes lui défendaient d'en approcher : la crainte d'en être repoussée d'une façon fort peu agréable, ou bien le déplaisir d'entendre le monde crier à la profanation.

Cependant, la honte qu'elle eut du coup manqué, chose connue de tous les courtisans, avait fait si grand plaisir à ses ennemis, qu'elle sentit augmenter son chagrin et son inquiétude.

Le roi en conçut toute la douleur possible, et la cour, toute la joie imaginable.

Sur ces entrefaites, la marquise de Pompadour fit volte-face : elle feignit de se repentir et de n'avoir qu'une idée, de réparer toutes ses fautes.

Elle s'imagina d'avoir un confesseur dans le grand genre, de l'avoir en titre et elle résolut de le prendre parmi les Jésuites, dont la prérogative consistait, en France, à diriger la conscience des rois.

Le prince de Soubise, son complaisant, fut chargé du choix. Il s'adressa au père de Sacy, personnage très remarquable dans la société par la douceur de son caractère et par des principes contraires à la sévérité.

Le prince de Soubise lui avait, d'ailleurs, fait entrevoir que du confessionnal de Mme de Pompadour à celui du roi il n'y avait qu'un pas et que sa complaisance pour la marquise était un acheminement vers la direction de la conscience de Louis XV.

Le père de Sacy consentit à voir la favorite et à chercher quelques moyens de concilier le respect récent qu'elle témoignait pour ses devoirs avec les pratiques de la religion.

Si cette transaction avait eu lieu, Mme de Pompapour opposait à la cour dévote et jésuitique de la reine, composée du père Griffet, du cardinal de Luy-

PETIT SOUPER

nes et de l'évêque de Verdun, une autre cour jésuitique et dévote.

Le père de Sacy n'ignorait pas les dangers de sa position : malheureusement pour la favorite, la Société de Jésus ordonna qu'il n'y aurait pas d'absolution, à moins que Mme de Pompadour ne quittât le roi.

Il fallut songer à une chose. A partir de ce moment, la marquise ne s'occupa plus que de se venger de ses ennemis ou de mettre le comble à la faveur de ces créatures.

Elle fit révoquer de toutes ses charges le marquis d'Argenson.

Puisque nous parlons de ses créatures, un mot sur l'abbé de Bernis, qui devait à son tour connaître l'heure des disgrâces.

Venu de sa province avec quelque talent, l'abbé de Bernis vécut d'abord très obscurément dans la capitale. Il avait assez d'esprit, une jolie tournure, une mine susceptible de conquêtes, et était surtout fort insinuant auprès des femmes.

Il fut admis d'abord dans la société que Mme d'Etioles se forma après son mariage. Là, il put faire connaissance avec Voltaire, Fontenelle et Montesquieu.

L'abbé de Bernis parvint à se faire aimer de Mme d'Etioles et, dès lors, son avenir fut assuré. Comme il faisait des vers, Mme d'Etioles, devenue marquise de Pompadour, le fit recevoir à l'Académie française.

L'abbé avait beaucoup d'ambitions : sa protectrice le fit nommer cardinal. Il voulait aussi sa part de pouvoir, il devint ambassadeur et ministre des affaires étrangères.

Le favori de Mme de Pompadour ne fut ministre que seize mois. Il avait eu envers sa maîtresse un tort que les femmes ne pardonnent jamais. Elle s'aperçut que ses charmes le laissaient indifférent : elle le trouva froid et désenchanté.

Elle ne put plus contenir sa fureur ; elle accable le perfide de reproches et lui déclare qu'elle le fera rentrer dans l'obscurité d'où seule elle l'a sorti.

De Bernis était résigné : Mme de Pompadour ne pouvait que lui retirer un portefeuille dont il se souciait peu. Il lui restait une place éminente et un gros revenu qui ne pouvaient lui échapper. Quoi qu'il en soit, le cardinal reçut une lettre de cachet qui l'exilait à son abbaye de Saint-Médard.

Le duc de Choiseul remplaça au ministère le cardinal de Bernis.

Le duc aurait été arrêté dès les premiers pas dans la brillante carrière qui s'ouvrait devant lui s'il se fût piqué de loyauté dans ses procédés.

Il s'était bientôt aperçu qu'une de ses parentes avait été remarquée par le roi ; déjà on s'écrivait. Le succès de cette intrigue pouvait le servir, mais le plus léger retour à Mme de Pompadour pouvait le perdre, et, connaissant tout son ascendant sur l'esprit du roi, il se montra de la plus grande prudence. Il s'assura d'abord de toute la confiance de sa parente qui, en fin de compte, le consultait sur tout.

Le roi demandait un rendez-vous, et son billet respirait la passion la plus ardente.

Le duc de Choiseul aidait souvent sa parente dans cette mystérieuse correspondance ; il parut hésiter sur la réponse à faire au roi, puisqu'elle devait être décisive. Il feignit d'avoir besoin d'y réfléchir et, maître du précieux billet, il se présenta chez Mme de Pompadour :

« Vous me regardez, lui dit-il en entrant, comme un de vos ennemis ; vous me faites l'injustice de me croire leur complice pour vous faire perdre les bonnes grâces du roi. Tenez, lisez et jugez-moi ! »

Et tandis qu'elle parcourt le billet du roi, il raconte comment il le possède et n'ignore pas à quel danger il s'expose pour la servir : mais il préfère le bien de l'État et le bonheur de son maître à ses propres intétérêts.

Mme de Pompadour n'eut pas de peine à déjouer cette intrigue ; sa rivale fut sacrifiée et le duc de Choiseul reçut le prix d'un service si important. Il était encore jeune et ardent ; il remplaça le cardinal de Bernis et devint l'un des plus puissants ministres de Louis XV.

*
* *

On ne saurait être le fidèle historien du règne de la Pompadour sans rappeler la fondation du château de Bellevue.

La marquise passait un jour sur le plateau de Meudon.

Elle s'arrêta étonnée de la beauté de la position où elle se trouvait, et d'où se déroulait à l'œil une étendue immense en tout sens.

Elle résolut d'y élever un château, et le château fut, en effet, construit avec une rapidité qui tient du prodige.

Au jour désigné par Mme de Pompadour pour se rendre avec des architectes sur le lieu à demi-sauvage où devait s'élever son palais, elle y fut reçue sur une espèce de trône rustique, formé de cailloutage et de gazon.

C'est de là qu'elle expliqua ses intentions et qu'elle exposa son projet sur la position du bâtiment et l'ordonnance des jardins ; et comme il fallait, pour remplir ses vues une plus grande étendue de terrain qu'elle n'avait imaginé d'abord, on lui proposa d'acheter encore quelques arpents de terre, que les propriétaires lui cédèrent avec d'autant plus d'empressement qu'ils furent bien payés.

Heureux temps où la maîtresse d'un roi n'avait qu'à désirer pour voir un peuple jaloux de prévenir jusqu'à ces vœux les plus secrets !

Heureux temps pour les courtisans qui pouvaient puiser à pleines mains dans le trésor royal !

Voici l'aspect que produisait le château, construit avec une prodigieuse célérité.

En arrivant à Bellevue, du côté de Meudon, on trouvait deux pavillons élégants, suivis d'une avenue de tilleuls, qui conduisait jusqu'à une première cour où étaient les écuries et la salle de spectacle.

De cette cour on entrait dans celle du château, fermée de trois côtés par les trois parties du bâtiment, et du quatrième, par une grille de fer doré qui la séparait du parc, lequel s'étendait fort loin au midi du château.

La façade principale regardait Paris et dominait toute la plaine qui remplit l'espace entre cette ville et Bellevue.

Au devant de cette façade était une terrasse superbe au pied de laquelle coulait la Seine, et où l'on jouissait d'un point de vue merveilleux.

D'un côté, on découvrait les avenues et les jardins de Meudon, et toutes les maisons de plaisance qui bordaient la rivière.

De l'autre, les beaux jardins, le village et le palais de Saint-Cloud, et dans le fond du tableau, le village et le bois de Boulogne, tous les villages des environs, et enfin Paris et le cours de la Seine serpentant dans une plaine immense.

Les faces latérales du château étaient accompagnées de parterres à l'anglaise, entourés de beaux orangers, et terminés par des bassins ornés de groupes d'enfants dorés.

Au bout de ces bassins s'élevait un belvédère de gazon, où l'on descendait de la terrasse par des rampes jusqu'à la rivière.

Le jardin et le parc de Bellevue excitaient l'admiration des connaisseurs.

Le milieu de la grande allée du jardin était occupé par un long tapis de gazon où l'on voyait la statue du roi, sculptée par Pigalle.

Le côté du jardin à droite de cette allée était partagé en deux parties : à droite, on voyait un labyrinthe, à gauche, plusieurs bosquets ornés de bassins, de grottes et de belles statues, entre autres celle de la marquise, également l'œuvre de Pigalle.

L'autre côté du jardin était planté en quatre portions; le parc avait près de cent arpents d'étendue.

L'architecture de Bellevue était très simple ; les trumeaux des croisées étaient ornés de bustes de marbre, et les frontons qui couronnaient les quatre façades étaient sculptés par Coustou.

L'intérieur du château offrait tout ce que l'art et la richesse pouvaient présenter de plus recherché, de plus magnifique et de plus voluptueux.

La sculpture et la peinture avaient prodigué leurs productions qui, pour la plupart, portaient l'empreinte d'un goût aussi dépravé que l'étaient les mœurs de l'époque.

Carle Vanloo, Boucher, Lagrénée et d'autres, non moins illustres, revendiquaient l'honneur d'avoir concouru à décorer Bellevue.

Dans le vestibule, on voyait deux statues de marbre : l'une était la Poésie, par Adam, l'autre, la Musique, par Falconnet.

L'escalier, peint en grisaille, par Brunetti, offrait des vases et des sujets tirés de la fable.

La chambre à coucher de Mme de Pompadour était

surtout remarquable par les ornements de toute espèce qui y étaient prodigués.

Cette chambre était décorée de deux tableaux de circonstance, peints par Lagrénée, l'aîné : l'un représentait Mars et Vénus surpris par Vulcain, et l'autre, Psyché, qui surprend l'Amour endormi.

L'emplacement du château de Bellevue plaisait si fort à Louis XV, ou peut-être le plaisir qu'il se promettait dans ce délicieux séjour avait pour lui tant de charme que le monarque se plaisait à encourager les ouvriers et à suivre des yeux les progrès de la construction.

On le vit plusieurs fois se faire apporter à manger au milieu des travailleurs, et dès que le bâtiment fut achevé, le roi vint occuper l'appartement qui lui avait été préparé.

Ce prince y coucha pour la première fois le 24 novembre 1750.

La marquise avait eu soin de faire construire à Bellevue un théâtre pour y représenter des comédies et des opéras, dans lesquels elle remplissait ordinairement un des rôles les plus importants.

Le roi avait pris goût à ces représentations où la favorite paraissait en scène.

Il ne manquait jamais d'y assister, et sa présence à ces récréations fut un puissant mobile pour la vanité des dames et des seigneurs de la cour.

Chacun voulait avoir un rôle dans les pièces que l'on jouait, et ce fut à qui accablerait la marquise de sollicitations.

La châtelaine de Bellevue se composa bientôt une troupe d'acteurs et d'actrices de tout ce qu'il y avait de brillant à la cour.

Elle donna la direction de son théâtre au duc de La Vallière, qui n'eut pas de peine à recruter des chanteurs et des cantatrices pour l'opéra, et des danseurs et des danseuses pour les ballets.

Vénus et Adonis, tel est le titre de la première pièce qui fut jouée sur le théâtre de Bellevue.

Mme de Pompadour remplissait le rôle de Vénus, dont elle portait la ceinture, et le beau vicomte de Chabaud était chargé de celui d'Adonis.

Mondonville, auteur de cet opéra, avait arrangé quelques morceaux pour la voix de la marquise, qui chanta du reste assez bien et qui recueillit naturellement des applaudissements unanimes.

Elle fut on ne peut mieux secondée par le comte de Melfort, le marquis de Beuvron, MM. de Hesse et de Courtambault, qui lui servirent de danseurs.

Le plaisir qu'avait fait cette représentation décida la noble troupe à jouer *Tartufe*.

Mais le principal rôle ayant été donné à un ami du Dauphin celui-ci et tout le parti dévot s'en formalisèrent.

Ils regardèrent cette distribution de rôle, comme une épigramme, et la pièce, à peine jouée, fut interrompue par ordre du roi.

Tartufe fut suivi du *Mariage fait et rompu*, où figuraient le maréchal de Saxe, qui s'acquitta dans la perfection du rôle de Blaise ; Mme de Brancas, qui était une meunière très ronde et très accorte ; Mme de Marchais habillée, ou pour mieux dire, déshabillée en Amour ; et Mme de Pompadour, qui jouait le rôle d'une paysanne ingénue !

La marquise choisissait de préférence les rôles de *Colette :* c'étaient ceux où le monarque la trouvait le plus à son gré.

Mais le roi, qui s'ennuyait de tout, finit par ne plus prendre plaisir aux spectacles de Bellevue.

Il fallut donc le distraire ailleurs et la favorite n'imagina rien de mieux que de donner à Louis XV la préoccupation d'une guerre étrangère.

Comme c'était elle qui dirigeait les affaires et tenait, pour ainsi dire, la présidence du conseil, elle *n'eût pas* de peine à faire déclarer la guerre au roi de Prusse, à qui Louis XV ne pouvait d'ailleurs pardonner quelques épigrammes.

On sait, en effet, que le grand Frédéric ne laissait échapper aucune occasion d'exercer son esprit satirique sur les mœurs et sur les habitudes de la cour de France.

Comme il savait que, dans ce beau pays de la galanterie, ce n'était pas le roi qui gouvernait, mais bien ses maîtresses en titre, il divisait le règne de Louis XV en plusieurs époques qui rappelaient les maîtresses toutes puissantes que le monarque français avait eues successivement.

La faveur de Mme de Châteauroux avait été qualifiée par Frédéric de règne de *Cotillon Ier* ; celle de Mme de Pompadour avait reçu la désignation de *règne de Cotillon II*, comme plus tard la faveur de la comtesse du Barri devait s'appeler *règne de Cotillon III*.

La causticité railleuse du roi de Prusse, l'embarras de la favorite pour amuser Louis XV, voilà les causes véritables de cette fameuse guerre de Sept ans qui fut si fatale à la France et si glorieuse pour la Prusse.

La marquise, non contente d'avoir fait déclarer la guerre, voulut mettre à la tête de l'expédition le prince de Soubise, dont l'inhabileté était généralement reconnue !

La déroute de Rosbach, où les Français perdirent huit mille hommes, ramena bientôt le prince à Versailles.

Ce général ne fut puni de son incapacité que par les vers satiriques qui inondèrent la capitale et qui frappèrent en même temps sa protectrice.

La pièce suivante, qui fait allusion à l'infirmité de la marquise fut une de celles qui eurent le plus de succès :

En vain vous vous flattez, obligeante marquise,
De mettre en beaux draps blancs le général Soubise,
Vous ne pouvez laver, à force de crédit,
La tache qu'à son front imprima la disgrâce ;
Et quoi que votre faveur fasse,
En tout temps on dira ce qu'à présent on dit,
Que si Pompadour le blanchit,
Le roi de Prusse le repasse.

Peu de temps après ces événements, le roi était frappé par un assassin.

C'était au mois de janvier, à dix heures du soir ; le roi montait en carrosse avec le Dauphin, pour aller souper et coucher à Trianon.

La nuit était sombre, et le temps très froid ; on n'apercevait sur la route peu éclairée que quelques courtisans et quelques oisifs.

Tous étaient enveloppés de leurs redingotes. Un homme ainsi vêtu s'approche du roi et le frappe avec une lame de couteau.

Le roi se sent blessé ; son sang coule... Apercevant un inconnu qui, seul, a le chapeau sur la tête, le prince s'écria :

« C'est cet homme qui m'a frappé. Qu'on l'arrête ! »

Les gardes du corps et les Cent Suisses entourent l'assassin.

Le duc d'Agen, capitaine de service, donne des ordres pour interroger sur le champ le coupable et pour lui arracher le nom de ses complices.

Les soldats se mettent aussitôt à lui tenailler les jambes avec des pinces rougies au feu.

Ce supplice anticipé allait le dérober aux investigations de la justice, si le grand prévôt ne se fut emparé du prisonnier.

On sut bientôt qu'il se nommait Robert-François Damiens, né à Tieuloy, dans la province d'Artois.

Il avait longtemps demeuré chez les Jésuites, à Béthune, et avait servi depuis chez quelques magistrats.

Soumis à la question ordinaire et extraordinaire, les plus horribles tortures ne purent lui arracher aucune révélation.

Il persista à soutenir qu'il n'avait pas de complices.

Une circonstance remarquable, c'est que le couteau dont il s'était servi avait deux lames, l'une de grande dimension, qu'il n'avait pas même ouverte ; l'autre n'était qu'une lame de canif, et c'est avec cette dernière qu'il avait frappé le roi.

Sa translation à la prison du palais se fit de nuit, avec des précautions extraordinaires et sous la protection d'une très forte escorte.

Tous les habitants avaient été prévenus de fermer leurs fenêtres.

Il avait été ordonné de faire feu sur les imprudents qui oseraient se montrer à leurs croisées où dans les rues.

Rien n'est plus horrible que les supplices qu'on fit endurer au coupable.

A voir les détails de ces tortures, on se demande si c'est bien à la vie d'un homme que Damiens a attenté ou à celle d'un Dieu.

Après avoir été brûlé aux jambes et aux pieds, dans la question préparatoire, on lui fit subir les tourments les plus cruels de la question ordinaire et de la question extraordinaire ; puis, on le tenailla aux mamelles, on lui mit du plomb fondu dans les blessures ; on lui brûla entièrement la main droite, et enfin, on lui arracha, les uns après les autres, tous les membres du corps.

Heureusement, la blessure du roi était peu grave. Qu'eût-ce été si elle avait été mortelle !

*
* *

Revenons à la marquise.

Mme de Hausset a consacré à la favorite une grande partie de son *Journal*.

Elle nous conte que Mme de Pompadour n'avait montré quelque tendresse que pour sa fille, Alexandrine d'Etioles, morte, comme on le sait, au seuil de l'adolescence.

L'infortunée jeune fille portait au cou une croix d'or dont sa mère avait naturellement hérité. Il arrivait souvent à la marquise, le soir ou le matin, de jeter un long et mélancolique regard sur ce bijou *qui lui rappelait* celle qui n'était plus.

Eh bien ! le 15 mars 1764, comme Mme de Pompadour venait de rentrer dans ses appartements, à Versailles, accompagnée du comte de Lugeac, écuyer du roi, mue par une sorte de pressentiment, elle ouvrit l'écrin où était déposée la relique et poussa un cri de douleur tel que le comte, demeuré dans un salon voisin, s'empressa d'accourir pour lui demander ce qu'elle avait.

Pâle, montrant au jeune homme l'écrin vide :

— On m'a volée, dit la Pompadour.

— Ah ! mon Dieu ! Quelque riche joyau, sans doute ?

— Non ! une croix d'or, une simple croix d'or...

— Oh! en ce cas, rien de désespéré... Une de vos femmes, probablement, qui...

— Aucune de mes femmes n'aurait osé toucher à ce bijou qui venait de ma fille... D'ailleurs, ce n'est pas tout... Voyez, mon ami, ce que la main qui a dérobé ma croix a laissé à la place.

Le comte de Lugeac se pencha et, quoique assez sceptique de sa nature, il ne put retenir un mouvement à l'aspect de l'image, peinte avec un rare mérite d'exécution, sur le satin, au fond de la boîte.

Une image lugubre, celle d'une tête de mort.

— Voilà une plaisanterie d'un goût assez médiocre, dit-il après un silence.

— Ce n'est pas une plaisanterie, répliqua gravement la Pompadour, c'est un avertissement. Avant peu, je rejoindrai ma fille.

— Allons! quelle idée, marquise. Vous, une femme d'esprit, croire...

— Chut! Lugeac, plus un mot là-dessus, je vous prie. Et si vous avez quelque affection pour moi, plus un mot nulle part, plus un mot jamais! Me le promettez-vous?

— Je vous le promets, marquise!

Lugeac ne dut pas tenir sa parole car le propos fut connu et commenté.

C'est à Choisy que la marquise de Pompadour ressentit les premières atteintes de la maladie qui l'enleva après un mois de souffrances, donnant raison au fatal présage.

Les *Chroniques de l'Œil-de-Bœuf* nous apprennent que ce mal la fit dépérir avec une effrayante rapidité, et c'était un spectacle déchirant, même pour l'indifférent, que cette progression de langueur.

Louis XV la vit pourtant sans la moindre émotion. Toute la tendresse de ce prince semblait s'être réfugiée dans une suite d'égards qui ne se démentit point. Le roi prodigua et fit prodiguer à sa maîtresse toutes les attentions, toutes les assiduités qui pouvaient soulager la malade.

Il porta même ces soins d'apparat jusqu'à continuer de la consulter sur les affaires publiques, aussi les yeux de la favorite virent-ils, dans leur extinction progressive, la soumission des courtisans, des ministres, de tout ce qui l'approchait, aussi humble, aussi prévenante que de coutume.

Chaque matin, le duc de Fleury apportait au roi le bulletin des médecins de la marquise.

Elle avait été transportée de Choisy à Versailles et se mourait dans le palais même de nos rois, d'où l'on écarte d'ordinaire tout ce qui peut rappeler la fin des grandeurs et leur assujettissement aux vers de la tombe.

C'est là qu'elle rendit le dernier soupir, le 15 avril 1764, au commencement de sa quarante-quatrième année.

La Pompadour témoigna plus de philosophie qu'on n'en aurait attendu d'une femme de sa sorte.

Peu d'heures avant sa mort, le curé de la Madeleine, sa paroisse, étant venu la voir et prenant congé :

— Un moment, monsieur le curé, lui dit-elle, nous nous en irons ensemble.

Elle n'était pas encore refroidie qu'on l'emportait dans une civière du château à son hôtel de Paris.

Elle avait nommé le prince de Soubise son exécuteur testamentaire. Son frère, le marquis de Marigny, recueillit son immense succession. Elle s'était montrée généreuse envers tous ses amis et toutes les personnes attachées à son service.

Elle avait légué au roi son hôtel de Paris. La clause de son testament était ainsi conçue :

« Je supplie le roi d'accepter le don que je lui fais de mon hôtel de Paris, étant susceptible de faire le palais d'un de ses petits-fils. Je désire que ce soit pour Monseigneur le comte de Provence (depuis Louis XVIII). »

La Pompadour fut inhumée au couvent des Capucins, à Paris, dans la chapelle de la maison de Créqui, qu'elle avait achetée pour sa sépulture.

La raillerie proposa plusieurs épitaphes pour son tombeau.

Celle-ci, d'abord :

> Ci-gît d'Etioles-Pompadour
> Qui charmait la ville et la cour,
> Femme infidèle et maîtresse accomplie,
> L'hymen et l'amour n'ont pas tort,
> Le premier, de pleurer sa vie,
> Le second, de pleurer sa mort.

Puis, celle-là :

Ci-gît qui fut vingt ans pucelle,
Quinze ans catin, et sept ans maquerelle.

A tout prendre, si la seconde de ces épitaphes est du plus mauvais goût, elle n'est pas moins juste que a première, et le chapitre suivant expliquera largement au lecteur la fin du dernier vers.

On dit que Louis XV, voyant passer sous ses fenêtres le convoi de celle qu'il avait tant aimée, s'étai écrié avec indifférence :

— La marquise aura un magnifique soleil pour son enterrement!

IV

LA MAÎTRESSE CYNIQUE.

A la mort de la marquise de Pompadour, le parti des mécontents se servit pour arriver à ses fins d'un moyen vulgaire, trivial, à force d'être employé dans le royaume de France. Ce moyen, on le devine.

Il avait été essayé vainement par l'abbé de Lustrac avec l'aide de Mlle de Romans.

Il réussit cette fois parfaitement au parti d'Aiguillon : c'était de donner au roi, sans qu'il s'aperçut de l'intrigue, une maîtresse capable de le séduire par les charmes de sa personne et d'exercer sur lui une domination entière par l'attrait des plaisirs.

Cette nouvelle favorite, destinée à prendre la succession de la Pompadour, fût la cynique du Barry.

Elle eut son règne. Oui, huit ans durant, la du Barry règna sur la France, toute puissante, nous ne dirons pas sur le cœur, — il n'avait pas de cœur — de Louis XV, mais sur ses sens.

Elle résista à toutes les attaques, d'où qu'elles partissent, de haut ou de bas, des rangs du Parlement ou du taudis des pamphlétaires ; huit ans durant, les plus grands à la cour se prosternèrent devant elle.

Voltaire, lui-même, ce roi de l'intelligence, ce censeur des abus, l'apôtre de toutes les libertés, Voltaire adula, encensa, versifia cette femme, issue de la fange, comme la Vénus impudique.

A soixante-dix-neuf ans, Voltaire écrivait à la maîtresse de Louis XV :

« Daignez, Madame, agréer le plus profond respect d'un vieux solitaire dont le cœur n'a presque plus d'autre sentiment que celui de la reconnaissance. »

Du respect, Voltaire, et pour la du Barry !

Celle qui devait être la plus cynique des favorites de Louis XV vint au monde le 28 août 1744.

Elle était fille naturelle de la demoiselle Bécu, dite Cantigny qui épousa plus tard un petit commis aux barrières nommé Gomart de Vaubernier, auquel elle fit reconnaître son enfant.

Par une dérision que toute la malignité des hommes ne trouverait pas, la du Barry naquit à Vaucouleurs, la patrie de Jeanne d'Arc.

Par une dérision non moins étrange, elle reçut en naissant le nom de Jeanne, comme si le hasard eût voulu à tout prix, et avec une intention secrète, qu'on mit un jour en présence la femme qui sauva la France et celle qui la perdit.

Billard du Monceau, riche munitionnaire, passant à Vaucouleurs, peu de jours après la naissance de la fille de la Bécu, fut prié, par celle-ci, de lui servir de parrain.

A quel titre cette requête? Rien de plus simple. La Bécu était galante, Billard du Monceau, libertin, évidemment il payait, d'une gracieuseté facile, une ancienne et non moins facile gracieuseté.

Quoi qu'il en soit, Jeanne qui, en venant au monde ne possédait pas de père, Jeanne en eut bientôt deux un devant la loi, un devant Dieu.

Celui devant la loi ne lui servit guère pourtant. Il mourut comme elle atteignait sa huitième année. L'autre se comporta mieux.

Madame Gomart de Vaubernier, veuve et sans ressource, étant venue le relancer à Paris avec sa fille, Billard du Monceau plaça la première en qualité de lingère, chez sa maîtresse, et la seconde, au couvent de Sainte-Aure.

Mais les flots et les financiers sont changeants : celui-ci se lassa de payer la pension de sa fille au couvent.

Puisque Manon, — le petit nom que Mme Vaubernier donnait à sa fille — n'était plus au couvent, il fallait la mettre quelque part.

On la mit chez une marchande de modes de la rue de la Ferronnerie, Madame Labille.

Du couvent dans un magasin de modes, quel saut!

A cette époque, vers 1760, les deux côtés de la rue de la Ferronnerie n'étaient composés que de marchands de modes, et ces boutiques pimpantes, toutes coquettes, gagnaient d'année en année la rue Saint-Honoré où elles avaient fini par se confondre avec les marchands de pelleteries du Danemark et de la Suède.

Tous ces magasins de modes, célèbres en Europe, dans l'Inde et les deux Amériques, luttaient d'éclat et de nouveauté par leurs vitrages, leurs devantures, leurs enseignes et leurs auvents.

Ces auvents, très longs, épanouis et surbaissés, donnaient aux boutiques des formes de chapeau et procuraient à la rue, constamment mouillée par le séjour des légumes, une ombre fraîche que damassaient mille couleurs.

Et quelle population exceptionnelle dans cette rue originale ! Les mousquetaires noirs ou gris, les abbés pouparts, les robins passionnés, les petits marquis ennuyés, les vieux conseillers, les chevaliers d'industrie, les galants escrocs, les clers sensibles, les munitionnaires à la grosse voix, affluaient du matin au soir dans ces boutiques et autour de ces comptoirs garnis de jeunes filles qui, en riant, déchiraient la soie, piquaient dans le velours et arrondissaient, du bout de leurs doigts distraits, la mousseline et la gaze.

Quelle foule de tentateurs autour de toutes ces tentatrices !

Nous comprenons que les filles de la mode,

comme on appelait en ce temps les modistes, eussent les doigts distraits.

Avec cela que, filles de modes ou modistes, ces demoiselles n'ont jamais songé à devenir prêtresses de Vesta.

Mademoiselle Lançon, — par un sentiment de délicatesse qui l'honore, Jeanne de Vaubernier avait changé de nom en entrant dans les modes, — Mademoiselle Lançon avait seize ans alors. Elle était charmante et elle regorgeait de dispositions amoureuses.

Qui donc allait, le premier, faire battre son cœur ? Un petit marquis, un abbé, un mousquetaire gris ou noir ?

Point : le premier amant de la future reine *in partibus* de France fut un cuisinier, un apprenti cuisinier, presque un marmiton !

Ah ! que voulez-vous ? *Primo*, il était jeune et gentil, Nicolas Mathon, le marmiton élu. *Secundo*, Jeanne était gourmande. A seize ans, il y a encore de l'enfant dans la femme.

Or, fouillez l'histoire galante parisienne, sur cent premières fautes féminines, vous y verrez jouer le rôle de proxénète à une bouteille de Champagne ou à un gâteau.

Chaque soir, en rentrant dans sa chambre, voisine de celle de Jeanne, en haut, tout en haut de la maison qu'habitait Mme Labille, la patronne, Nicolas Mathon apportait des friandises à sa blondinette. C'est ainsi, lui, qu'il appelait la modiste.

Un soir, la collation se prolongea tant et tant qu'il

faisait grand jour lorsque le marmiton se sépara de la blondinette.

La brioche parisienne avait supplanté la pomme du paradis terrestre.

On raconte que, devenue maîtresse de Louis XV, la du Barry eût la fantaisie de revoir son amant numéro un et de manger encore dans la même assiette; de boire encore dans le même verre que lui.

C'est possible, mais c'est peu probable. La du Barry avait trop d'expérience pour ne pas savoir qu'il en est de certaines amours comme de certains livres qu'on ne lit, avec plaisir, qu'une seule fois.

Et puis, réfléchissons. Un cuisinier, si gentil qu'il soit, n'a rien à gagner avec les années, sinon du talent dans son état et... du ventre.

Un pamphlet, écrit avec un stylet, en guise de plume, et avec de la boue; en guise d'encre, par un Théveneau de Morande, dit que la du Barry donna cent cinquante-deux successeurs à Nicolas Mathon, pendant son séjour chez la marchande de modes Labille.

Léon Golzan, qui raconte le fait, le nie.

— En quel temps, ajoute-t-il spirituellement, la jeune modiste aurait-elle fait des chapeaux ?

De chez Mme Labille, Jeanne passa chez la Gourdan.

Ah ! par exemple, il n'y a pas à le nier : chez la Gourdan Jeanne pratiqua, dans toute son ignominie, le métier de courtisane.

Fille de modes, elle avait eu des amants d'amour ;

commensale habituelle de la *dame voilée*, elle n'eut plus que des amants d'argent.

La maison de la Gourdan était située rue Saint-Sauveur ; on y jouait un jeu d'enfer, et les jolies filles, que la maîtresse du lieu y réunissait, y servaient, suivant l'usage sacramentel, d'amorces vivantes aux joueurs novices.

D'un côté, des monceaux de louis, de l'autre, de piquants minois... Le moyen de ne pas se laisser prendre à cette double séduction !

C'est en allant se commander un camail rue de la Ferronnerie que la Gourdan fit connaissance avec Jeanne Vaubernier.

La jeune fille était triste. Son dernier amant, — un mousquetaire, — l'avait quittée la veille. Et puis, sa mère, sans emploi depuis cinq ou six mois, se plaignait de manquer de tout.

Toujours est-il que Jeanne consentit à suivre la Gourdan et que bientôt elle donna du pain, et un peu de beurre, à sa mère.

Le tripot de la rue Saint-Sauveur était, d'ailleurs, un tripot de choix ; il s'y faufilait bien, par-ci par-là, quelque grec, quelque aigrefin, mais ses habitués étaient généralement des gens qui n'avaient pas la corde ou les galères en perspective.

Un de ces derniers, le marquis de Baudrin, ne fut pas insensible aux attraits de la nouvelle recrue de la Gourdan.

Le marquis était jeune encore et fort riche, mais il était très avare. Avare et joueur, deux mots qui jurent ensemble. Or, si mademoiselle Lançon était belle et par principes peu cruelle, par principes aussi, que lui avait inculqués la Gourdan, elle ne cédait aux amoureux qu'à bon escient.

— La petite Lançon n'est pas pour toi, mon cher, répétaient au marquis ses amis. Une primeur de trop haut prix. Il n'y a qu'aux généreux qu'il soit permis d'en tâter. Tu peux donc en faire ton deuil.

Ces moqueries piquaient Baudrin. Indépendamment de la joie qu'il rêvait de tâter de la primeur, comme les généreux, il eut été enchanté de prendre sa revanche des railleurs.

Et peut-être trouva-t-il, après avoir lu le conte de La Fontaine : *A femme avare, galant escroc.*

— Je parie, dit-il un jour à deux des mauvais plaisants, que j'obtiendrai sans bourse délier la faveur de mademoisolle Lançon.

Les deux amis éclatèrent de rire.

— Sans bourse délier ? Ah ! ah ! Ce pauvre marquis ! Il faut le conduire à Bicêtre ! Il est fou...

— Je suis ce que je suis, mais je répète que je parie cinq cents pistoles qu'avant deux jours la petite Lançon soit à moi, sans qu'il n'en est coûté un denier. Tenez-vous la gageure ?

— Oh ! à deux mains, nous en doublons même l'enjeu, s'écrièrent-ils : veux-tu ?

— Soit ! Va pour mille pistoles. Cependant, il est bien entendu, Messieurs, qu'en hommes d'honneur que vous êtes...

— Nous ne ferons pas un geste, nous ne dirons pas un mot.

Le soir, le marquis de Baudrin se présentait au jeu de la Gourdan avec un diamant magnifique au doigt.

L'appartement fut comme illuminé par les reflets *et les éclairs* du riche bijou que le marquis promenait sous tous les yeux avec une indifférence de bon goût.

Ce ne fut qu'un cri parmi les dames : « Oh ! le beau diamant ! »

Jeanne Vaubernier, surtout, ne se lassait pas d'admirer cette étoile qui lui semblait tomber du ciel. L'extase agrandissait sa mignonne bouche.

— Cette étoile est à vous, Mademoiselle, dit le marquis de Baudrin, en portant à ses lèvres la main de la jeune fille : autorisez-moi seulement à aller la déposer demain à l'heure de votre toilette sur votre boîte à parfums.

Jeanne sourit et regarda la Gourdan. La Gourdan toussa. Le marquis savait ce que signifiaient dans cette maison ce sourire et cette toux.

Le lendemain, il était introduit dans le boudoir de Mlle Lançon, à l'heure de sa toilette.

Quand il en sortit, il n'avait plus l'*étoile* au doigt.

Il n'était pas dehors que, sur l'ordre de la Gourdan, une servante allait chercher un joaillier. Cela affligeait bien un peu Jeanne de se dessaisir de l'étincelant bijou, mais la Gourdan était pour le solide. De beaux louis, bien trébuchants, valaient mieux à ses yeux que le plus pur spécimen de la joaillerie parisienne.

Le joaillier entra.

— On m'offre deux cents louis de cette loque, lui dit-elle, me les donnez-vous ?

L'artiste examina l'étoile, et l'examen ne fut pas long.

— Si l'on vous offre deux cents louis de *ça*, reprit-il aussitôt, acceptez-les, ce sera tout bénéfice car votre bijou ne vaut pas deux cents sols.

— Hein ! vous dites ?

— Je dis, parbleu, que cette pierre est fausse.

Fausse ! La pierre était fausse ! Un second expert, car la Gourdan ne pouvait croire à une pareille infamie, porta le même jugement.

Colportée dans toutes les ruelles, l'histoire du faux diamant parvint aux oreilles d'un certain comte Jean du Barry qui voulut connaître la principale victime.

Edifié, le comte qui était surtout un redoutable spadassin chercha querelle au marquis de Baudrin et le gratifia d'un maître coup d'épée.

Un des témoins du duel, un ami de Jean du Barry, s'était hâté d'en porter la nouvelle à la Gourdan et à Jeanne.

Une façon de préparer au comte un triomphe, qui ne lui fit pas défaut.

Jean du Barry fit une excellente impression à la jeune fille : c'est dire qu'il fut bientôt récompensé, et largement.

Tout d'abord, la Gourdan ne s'inquiéta pas d'une

liaison qu'elle croyait pouvoir rompre à sa guise. Elle s'abusait.

Jean du Barry n'était pas de ces hommes auxquels les femmes commandent. C'était lui qui commandait aux femmes. Croyant l'occasion opportune, à la suite d'une discussion où il s'était laissé entraîner à appliquer une chiquenaude... à main ouverte... à Jeanne, la Gourdan dit au comte :

— C'en est assez, Monsieur. Quand on frappe les femmes, on n'est pas digne d'être aimé par elles. Sortez d'ici et n'y reparaissez plus.

— Soit, dit-il, je ne demande pas mieux que de ne pas revenir chez vous. Je ne demande pas mieux que de sortir, mais avec l'*Ange*.

L'*Ange*, c'était le sobriquet qu'il avait donné à Jeanne.

— Allons, viens, petite !

Disant ces mots, Jean du Barry tendait le bras à sa maîtresse.

La Gourdan haussa dédaigneusement les épaules. Sans doute, pour elle, l'*Ange* allait envoyer le *Diable* se promener. Jeanne ne parut pas entrer dans la combinaison de sa maîtresse. Elle sourit à son ravisseur et fit mine de le suivre.

— Ah ! c'est trop fort, s'exclama la Gourdan, en bondissant, furieuse, entre les deux amants ! Vous vous figurez que je vous laisserai partir ainsi ?

— Ma chère dame, répliqua froidement le comte Jean, je me figure, au contraire, que vous êtes douée de trop de raison pour vous opposer à ce que vous ne pouvez empêcher. Quels droits avez-vous sur Jeanne ? Aucun. Moi, j'ai ceux de l'amour. Vous ne voudriez pas m'exposer à des violences ?

Le comte Jean brandissait sa canne.

La Gourdan s'écarta et l'*Ange* et le *Diable* s'éloignèrent bras dessus bras dessous.

Depuis la mort de Mme de Pompadour, le roi s'ennuyait. Les délices du Parc-aux-Cerfs ne lui suffisaient plus.

Lebel, son premier valet de chambre et le pourvoyeur de ses amours, se creusait vainement la tête pour lui trouver des distractions.

Une rencontre de Lebel et de du Barry, — ils étaient faits pour s'entendre, — décida de tout.

Lebel raconta ses insuccès au comte, qui lui dit :

— Venez dîner chez moi, demain ; j'ai dans l'idée que je puis vous donner un coup de main.

Le comte lui présenta sa maîtresse. Le premier valet de chambre de Sa Majesté fut littéralement ébloui à l'aspect de la jeune femme.

Une figure vivante de l'Albane. Jeanne, cependant, touchait à sa vingt-quatrième année, et avec combien d'amants n'avait-elle pas feuilleté le livre des amours !

Mais, comme si quelque puissance secrète, jalouse de conserver dans toute sa beauté l'œuvre délicieuse de la nature l'eût protégée contre les ravages du vice et de la corruption, ses charmes étaient restés d'une jeunesse exquise.

Tout en elle était une perfection : et son teint où les roses se mêlaient aux lis, et sa chevelure ondoyante et soyeuse ; et sa taille voluptueuse et souple. Et quelles dents ? Des perles dans du corail. Et quels yeux ? A la fois langoureux et fripons ! Et cette main si frêle et si blanche, que l'on regrettait de voir chargée de bagues ! Et quel pied, un pied à faire fuir, honteuse, Cendrillon elle-même.

Lebel fut émerveillé des attraits de Jeanne. Il le fut plus encore de son esprit.

— Nous tenons une nouvelle Pompadour, dit-il au comte Jean.

Le surlendemain, néanmoins, près de la présenter à Louis XV, le premier valet de chambre de Sa Majesté estime prudent d'inviter la *nouvelle Pompadour* à modérer quelque peu sa gaîté en présence du roi et, notamment, à se priver dans la conversation, de certaines expressions... fort drôles en petit comité, mais un peu trop risquées pour d'augustes oreilles.

Jeanne promit tout ce qu'on voulut.

C'est à un souper à Versailles, dans l'appartement de Lebel, que Louis XV, sous le nom de baron de Gonesse, vit pour la première fois Jeanne Vaubernier.

A ce souper assistaient le duc de Richelieu, le marquis de Chauvelin, le duc de la Vauguyon et le comte Jean.

Le premier tiers du repas se passa d'une façon assez froide. Le roi, ou plutôt le baron de Gonesse, se montrait poli avec la comtesse du Barry. Rien de plus.

Nul n'aurait pu affirmer encore que le sultan avait trouvé sa sultane.

« A ce moment de sa vie, raconte Léon Gozlan, Jeanne Vaubernier eut ce trait de génie qui décide de toute une carrière, cette inspiration qu'a un homme sur cent mille, pensée, cri, geste ou regard, qui change la face des choses, bouleverse les médiocrités, c'est-à-dire presque tout le monde ; enfin, c'est l'imprévu. L'imprévu fut ceci : au milieu du souper des roués, la comtesse, rompant violemment avec la tradition, rejetant au loin les conseils et les leçons du comte Jean et de Lebel, s'abandonna à son naturel sans se préoccuper autrement de la présence du roi. Elle livra au vent la modestie et la retenue, brûla le voile à la flamme des bougies et, la parole éparse, comme le sein et les cheveux, elle bondit en bacchante de propos en chansons et d'écarts en écarts. Elle monta sur le trépied, Jean et Lebel, effrayés, crurent la partie perdue. Que devait penser le roi ? »

Le roi fut ravi. Le jour même ou, pour être plus exact, la nuit même, Jeanne Vaubernier prit la place de Mme de Pompadour dans l'histoire de France.

On dit que la du Barry a perdu la France : si elle ne l'a pas fait absolument, elle y a beaucoup contribué.

Avouons cependant qu'elle eut, à cette fin, la partie belle avec ce roi égoïste et sensuel qui s'appelait Louis XV, ce roi qui affectait de craindre Dieu et qui agissait comme s'il eût voulu conquérir la première place en enfer ; ce roi qui se faisait appeler le *bien-aimé*, et qui volait, pour ses harems, leurs filles ou leurs femmes à ses sujets ; ce roi que la moindre critique irritait, qui redoutait l'opinion, et dont chaque acte, chaque parole attestaient la fidélité à cette devise : *Après moi, la fin du monde !*

Déjà, pourtant, en 1770, le peuple qui avait pleuré lorsque Damiens avait voulu lui enlever son *bien-aimé*, commençait à chanter :

Le bien-aimé de l'almanach
N'est pas le bien-aimé de France
Il fait tout *ab hoc* et *ab hac*,
Le bien-aimé de l'almanach.
Il met tout dans le même sac
Et la justice et la finance ;
Le bien-aimé de l'almanach
N'est pas le bien-aimé de France.

Un jour, Louis XV eut l'occasion de lire ce couplet.

— Quel mal ai-je donc fait à la France, dit-il, pour qu'elle ne m'aime plus ?

Ce mot peint le roi. En prononçant ces paroles, il raillait.

Il y avait quatre ou cinq mois que la reine Marie Leczinska, sa femme, était morte, morte de douleur, après avoir été abreuvée d'amertume, quand Louis XV connut la du Barry.

La reine martyre était encore chaude dans sa

tombe que le bien-aimé affichait ses nouvelles amours en les emmenant publiquement à son château de Choisy.

Ensuite, on dut s'occuper d'affubler d'un nom cette chère Jeanne, d'un nom réel, car Lebel avait été forcé de confesser à Sa Majesté que celui de comtesse du Barry n'était qu'un nom d'emprunt, que Jeanne Vaubernier n'était pas et n'avait jamais été mariée.

— Tant pis, répliqua le roi. Qu'on la marie promptement si l'on veut m'empêcher de faire quelque sottise.

Quelque sottise ! Voyez-vous ce fou couronné de cinquante-huit ans qui menace d'épouser sa maîtresse, si on ne se dépêche d'élever une barrière entre elle et lui ! En vérité, on en rirait, si la honte ne vous serrait à la gorge.

Le maître ordonnait : on obéit. Jean du Barry ne pouvait épouser Jeanne par cette raison, — péremptoire, — qu'il avait déjà une femme ; mais il avait aussi un frère qui ne demandait pas mieux, contre écus, d'être le mari complaisant souhaité.

Requis par un exprès, Guillaume du Barry débarqua de Toulouse à Paris.

Le mariage fut célébré, le 1er septembre 1768, à l'église Saint-Laurent. Le Pot d'Auteuil, notaire, dressa le contrat. La cérémonie terminée, le mari complaisant, les poches gonflées d'or, s'en retourna dans sa province.

La nouvelle favorite était proclamée. Toute la cour tint à l'honneur de lui présenter ses hommages.

SÉNART

Seuls, un homme et une femme résistèrent à ce torrent de bassesses : le duc de Choiseul et la duchesse de Grammont.

Quant à la duchesse, il n'y a à la louer que médiocrement, puisque ses mépris ne lui furent dictés que par la rage de voir une courtisane occuper la place qu'elle, une Grammont, avait tout fait pour investir.

L'opposition du duc de Choiseul eut un plus noble mobile. Il répugnait au premier ministre du roi de France qu'une fille, prise aux pavés, eût voix aux conseils du gouvernement et, quelques avances qu'elle lui fit à se sujet, il préféra perdre son portefeuille que de le conserver au prix d'un traité d'amitié avec la du Barry.

Quelques pamphlétaires firent ce qu'on appelle aujourd'hui une campagne contre la favorite.

Elle se souciait, du reste, comme de ses premières pantoufles, des folliculaires et de leur bave.

Elle avait pour elle Richelieu, Vauguyon, Meaupeou, le chancelier Meaupeou, qui poussait la courtoisie jusqu'à répéter de toutes parts qu'il était un peu son parent ; elle avait le roi, le roi qui chantait avec elle la *Belle Bourbonnaise*, où l'on disait d'elle :

> En maison bonne
> Elle a pris des leçons ;
> Elle a pris des leçons
> En maison bonne,
> Chez Gourdan, chez Brisson,
> Elle en sait long.

Louis XIV, épris de Mlle de La Vallière, avait créé Versailles ; Louis XV bâtit pour la du Barry le château de Louveciennes, ou du moins, l'embellit considérablement.

C'était une délicieuse demeure que Louveciennes, surtout après qu'un habile architecte, Ledoux, l'eût augmentée d'un pavillon où, de préférence au château, la du Barry se plaisait à recevoir et à traiter le maître.

Ce pavillon était tout petit, mais avec quel luxe et quel goût il était décoré !

De toutes parts, des peintures d'artistes éminents : Vernet, Lecomte, Drouet, Greuze, Fragonard ; des statues d'Allegrain, de Pigalle, de Pajou.

A chaque saison, suivant les lois de la mode nouvelle, la du Barry changeait le mobilier de son salon ; mais sa bibliothèque et sa chambre à coucher restaient immuables. Car elle avait une bibliothèque, maintenant, cette ex-modiste, une bibliothèque digne d'elle, vous concevez ? que les bibliophiles baptisèrent du nom caractéristique de bibliothèque infernale, toute composée de livres qui, comme texte et comme gravures, eussent en effet plus convenu à un démon qu'à un saint.

En face de son lit, dans sa chambre à coucher, tendue en bleu, le fard des blondes, se dressait le portrait du roi.

Léon Gozlan nous a décrit l'emploi d'une journée de Louis XV à Louveciennes.

En arrivant, nous dit-il, le roi entrait au château

où il ne s'arrêtait que le temps nécessaire à faire sa toilette, dérangée par le mouvement de la voiture ou de la chasse. L'été, il changeait d'habit ; il mettait une petite veste de toile légère après s'être débarrassé de son épée et de son chapeau. Le roi se rendait ensuite au pavillon de la très chère en passant par une terrasse plantée de tilleuls. Au moment où il descendait les marches du château, Mme du Barry, de son côté, quittait le pavillon pour aller au devant du roi. Chacun faisait la moitié du chemin : c'était de royauté à royauté.

Hiver ou été, la comtesse portait, à Louveciennes, des robes-peignoirs en percale de couleur ou de mousseline blanche qui laissaient voir ses bras et une partie de ses splendides épaules. C'était l'éloquence de la chair.

Une cordelière nouait à sa taille ce costume flottant et diapré, qu'elle complétait par un chapeau de paille aux larges bords, sur lequel elle couchait une poignée d'épis de blé, entremêlés de bluets et de coquelicots.

Louis XV et sa maîtresse déjeunaient d'ordinaire dans une pièce, au rez-de-chaussée, dont la disposition permettait d'embrasser à la fois, du regard, le paysage qui court du côté de Versailles et celui qui s'étend de coteau en coteau vers Saint-Germain.

Le roi se nourrissait d'une façon substantielle lorsqu'il déjeunait avec la du Barry. Les deux amants étaient servis par un nègre, Zamose, habillé d'un costume d'Africain d'opéra-comique, avec une coiffure de plumes de diverses couleurs et des bracelets d'or aux chevilles et aux poignets.

Il était rare que le roi, pendant les déjeuners de Louveciennes, ne fît pas quelque cadeau superbe, parure en diamants ou parure de perles, à sa maîtresse, qui le gardait très précieusement.

Louis XV aimait avec passion les fraises et les framboises de Louveciennes. Pour lui être agréable, Mme du Barry avait soin, l'été, à chacune de ses visites, de lui en cueillir une assiettée, comme c'est elle encore, dans leur voluptueux tête à tête, qui préparait le café de son cher *La France*, petit nom d'amitié qu'elle donnait au roi.

Après le déjeuner, Louis XV passait au salon et de là dans la bibliothèque ou dans la chambre à coucher.

Quand sonnait l'heure de la séparation, le roi retournait au château, où nous l'avons vu s'arrêter pour changer de costume. Il reprenait son extérieur officiel et, précédé de Zamore, il gagnait la grille en s'appuyant sur le bras de la comtesse.

Dès qu'il était parti, celle-ci, recouvrant sa liberté, ouvrait toutes grandes les grilles dorées aux jeunes seigneurs et aux grandes dames qui formaient sa cour.

Comme on le pense bien, la du Barry, pendant son règne, ne se fit pas faute de caprices galants. Une courtisane sent toujours la courtisane, et puis, à quoi bon se piquer de constance vis-à-vis d'un infidèle amant.

La du Barry, favorite, eut donc beaucoup d'amourettes ; mais eut-elle un amour ? Oui.

Cet amant se nommait de Cossé-Brissac. Il était duc, pair et grand pannetier de France, gouverneur de Paris, capitaine-colonel des Cent-Suisses de la garde du roi et chevalier de ses ordres.

Au début, et sans lui avoir jamais parlé, la comtesse détestait le duc. Il disait d'elle, lui avait-on assuré, tout le mal possible.

Un jour, cependant, qu'elle causait avec une de ses amies, Mme de Mirepoix, celle-ci, qui était aussi l'amie du duc, prit chaudement son parti.

— Jamais Brissac, répondit-elle, n'a mal parlé de vous, et je vous en fournirai la preuve.

Le surlendemain, Mme de Mirepoix apportait à la favorite une lettre, écrite à elle-même par le duc, et contenant les lignes suivantes :

« Vous me demandez mes sentiments à l'égard de Mme du Barry ; je vous les donnerai avec ma franchise accoutumée. La comtesse du Barry me semble si jolie que je n'aurais pas le courage de la haïr si elle m'avait fait du mal : or, elle ne m'en a jamais fait, aussi je n'ai contre elle aucune animosité. On vante la bonté de son cœur. Elle n'est ni fausse ni vindicative : ce sont là des qualités fort rares dans ce pays. Si on m'a accusé d'avoir dit le contraire, daignez me justifier. »

La lecture de cette lettre avait touché la du Barry. Il lui était prouvé qu'elle avait un ennemi de moins qu'elle ne le pensait ; et cet ennemi eût été vieux et laid qu'elle s'en fût médiocrement inquiétée ; mais le duc de Cossé-Brissac était jeune et beau.

A quelque temps de là, à Fontainebleau, un matin, se promenant seule dans la forêt, tandis que le roi chassait, la du Barry rencontra de Cossé-Brissac. Elle rougit à son aspect. Oui, elle *rougit*.

De son côté, Cossé-Brissac paraissait ému.

Il allait, tant bien que mal, renouveler ses protestations à l'encontre des calomnies qu'on lui imputait ; elle l'interrompit. Pourquoi causer de choses ennuyeuses quand on peut s'entretenir de choses agréables ?

Il lui offrit son bras et leur promenade se prolongea pendant près de trois heures.

Que se dirent-ils pendant ces trois heures, cheminant ainsi, sur le gazon, à travers bois ? Que se disent deux êtres qui commencent de s'aimer et qui n'osent pas se l'avouer à eux-mêmes ?

Ce que nous affirmons, c'est qu'un indiscret qui les eût suivis eût été bien étonné. Etait-ce la du Barry ou un seigneur dissolu de la cour de Louis XV ? Non ; on eût dit deux amoureux bourgeois, s'occupant sous la feuillée du bon motif.

Entamée en roman, l'aventure se poursuivit jusqu'au bout. Echange de billets brûlants, rendez-vous furtifs, jalousie d'un tiers, — la duchesse qui eut vent de la trahison de son époux, — générosité de la comtesse prête à se sacrifier au repos d'une honnête femme ; révolte du duc contre ce sacrifice, rien ne manqua à cette intrigue pour la rendre adorable.

Et, le plus étrange, c'est qu'elle résista au temps.

Il est vrai qu'en amoureux expérimentés qu'ils étaient, la comtesse et le duc n'abusèrent pas de leur bonheur.

Chaque semaine, averti par un mot, Cossé-Brissac se glissait, par une porte dérobée chez la comtesse et passait une soirée avec elle.

Une soirée tout entière, à la suite de laquelle, même pour les diamants de la couronne, la du Barry n'eût pas consenti à recevoir, même le roi.

Lassée, non rassasiée de délices, elle tenait à s'endormir en en savourant le souvenir.

Les autres jours, Cossé-Brissac se présentait à titre d'ami, et rien que d'ami, à Louveciennes.

Il n'assistait jamais aux fêtes que donnait la châtelaine. Jamais!

Dans ces nuits où, déguisée en néréide, en nymphe, la du Barry, à la tête d'un essaim de jeunes femmes, comme elle parées de costumes mythologiques, dansait avec d'élégants seigneurs, au son d'une musique enchanteuse, sous la charmille illuminée, Louveciennes n'appartenait plus à l'amour, mais au plaisir.

La comtesse du Barry, qui avait succédé à Mme de Pompadour dans l'emploi de maîtresse en titre de Sa Majesté dut également lui succéder dans la surintendance du Parc-aux-Cerfs, emploi moins brillant mais qui garantissait sa situation à la cour.

Cependant, Louis XV vieillissait et sa santé s'affaiblissait par les excès de la débauche.

Sentant ses forces défaillir, il avait dit, en plaisantant à Sénac, son premier médecin :

— Je vois bien qu'il faut que j'enraye...

— Sire, lui avait répondu Sénac, vous feriez bien de dételer tout à fait.

La mort du marquis de Chauvelin, l'un de ses favoris, compagnon de toutes ses parties de plaisir, et tombé sous ses yeux dans une orgie, l'avait vivement frappé.

Les courtisans pervers craignirent qu'il ne se livrât complètement à la dévotion ; et, dans un comité tenu chez la favorite, il fut décidé qu'il fallait tirer le roi de cette apathie par quelque orgie vive, capable de distraire et de réveiller ses sens engourdis.

On l'engagea à ordonner un voyage à Trianon.

La favorite n'eut qu'un mot à dire et la partie fut engagée.

On fit passer sous les yeux de Louis XV la fille d'un menuisier, brillante d'attraits et de fraîcheur.

Mme du Barry devina sans peine la fantaisie du roi, et la petite fille fut placée dans le lit du vieux monarque par la favorite elle-même.

Cette beauté novice récélait dans son sein les germes de la petite vérole, qui commençait à se développer et la rendait insensible aux plus lascives caresses du vieillard, dont on avait excité la lubricité par des aphrodisiaques.

Le mal fut communiqué au roi.

La du Barry exigea que deux médecins supplémentaires fussent adjoints à la Martinière, médecin ordinaire de Sa Majesté.

La science n'y pouvait rien.

S'adressant à la du Barry, qui ne l'avait pas quitté depuis cinq jours :

— Il faut nous séparer, ma mie, lui dit-il doucement. Retirez-vous à Rueil chez la duchesse d'Aiguillon ; elle et son mari vous sont tout acquis. Si mon état s'améliorait, vous reviendriez, car vous ne doutez pas que j'aie toujours pour vous l'affection la plus tendre. »

Il n'y avait pas à résister : la comtesse s'éloigna.

Pendant sept jours encore, elle eut des alternatives d'espérance et de découragement ; selon que le royal malade allait mieux ou plus mal, les courtisans affluaient à Rueil ou y brillaient par leur absence.

Enfin, le 10 mai, le roi mourut.

Louis XV avait à peine rendu le dernier soupir que le duc de La Vrillière, un des intimes de la comtesse, se présenta à Rueil porteur d'une mission de Louis XVI, conçue en ces termes :

« Mme la comtesse du Barry, pour des raisons à moi connues qui tiennent à la tranquillité de mon royaume, je vous fais cette lettre pour que vous ayez à vous rendre à Pont-aux-Dames, seule avec une femme pour vous servir et sous la conduite du sieur Hamont, l'un de nos exempts. Cette mesure ne doit pas vous être pénible : elle aura un terme prochain. La présente n'étant à d'autres fins, je prie

Dieu qu'il vous ait en sa sainte garde, Mme la comtesse du Barry. »

Le beau fichu règne qui commence par une lettre de cachet, s'écria l'ancienne favorite après la lecture faite par La Vrillière.

Pont-aux-Dames était un couvent ! Le premier moment de colère passé, en se voyant cloîtrée à trente-trois ans, dans tout l'éclat de sa beauté, la du Barry prit son parti plus bravement qu'on ne l'aurait supposé.

Elle monta avec M. Hamont, l'exempt, dans une voiture qui la conduisit au monastère, situé près de Meaux.

Accueillie d'une manière affable par l'abbesse, acclamée par les jeunes religieuses toutes charmées de voir la célèbre Mme du Barry, elle retrouva bientôt son sourire perdu. Si ce n'était Madeleine repentie, c'était Madeleine résignée.

Le nouveau roi avait donné des ordres pour qu'on adoucit par tous les moyens sa captivité.

Elle demanda des livres. Quels livres ? Des romans. On lui en apporta des piles. Oh ! l'on n'était pas rigoriste dans les couvents du dix-huitième siècle.

La du Barry resta une année à Pont-aux-Dames. Elle y avait obtenu de l'abbesse l'autorisation de faire arranger une cellule par Ledoux, l'architecte du château de Louveciennes. Mais si ravissante que fut la cellule, c'était toujours une cellule.

C'est-à-dire une prison pour une femme bien plus

faite pour le culte de la créature que pour celui du créateur.

La du Barry languissait, dépérissait au cloître.

La reine le sut, la reine était bonne, elle parla au roi. Le roi était clément, il rendit à la comtesse une liberté limitée.

Elle se rendit dans une terre qu'elle avait achetée aux environs d'Orléans, la terre de Saint-Vrain.

Son fidèle Cossé-Brissac, car il lui était resté fidèle, venait lui conter ce qui se passait à Versailles, et ce qu'il lui contait n'était pas toujours très gai.

Le flot révolutionnaire montait. En prêtant l'oreille, on aurait pu entendre dans l'air ce murmure *sui generis*, précurseur de la tempête.

Une tempête furieuse, implacable, fomentée par la déplorable fin du siècle de Louis XIV, les flétrissures de la Régence et la corruption du long règne de Louis XV.

Sage ou bien conseillée, plutôt que de désirer de se rapprocher des lieux où allait éclater la foudre, la foudre qui l'écraserait, elle aussi, la du Barry s'en fut encore éloignée.

Elle n'était pas née pour la prudence. Elle n'avait jamais connu la sagesse que de réputation.

Quant aux conseils, ce n'était pas l'homme qui fut un des plus dévoués défenseurs de la monarchie qui pouvait lui en donner de tels.

Cossé-Brissac s'ennuyait à Saint-Vrain, presque autant que la comtesse. Il écrivit à M. de Maurepas. M. de Maurepas vit le roi et la reine.

— Revenez à Louveciennes, écrivit-on à la du Barry.

Elle y alla, et nombre de seigneurs et de grandes dames, la voyant pardonnée, se hasardèrent à revenir chez elle.

On ne dansa plus, mais on soupa à Louveciennes. Parfois, à la table de la comtesse s'asseyaient côte à côte le prince de Conti, le duc de Lauzun, de Cossé-Brissac, le maréchal de Richelieu, Mmes de Vitry, la comtesse de Forcalquier, La Harpe, Marmontel et Beaumarchais.

Cagliostro, Franklin, l'empereur Joseph II, fils de Marie-Thérèse et frère de Marie-Antoinette, rendirent tour à tour visite à la du Barry.

Les ambassadeurs de Tippo-Saeb lui apportèrent en présent des pièces de mousseline brodées d'or.

La Révolution éclata. Le 8 septembre 1793, la du Barry fut arrêtée comme coupable de conspiration. Elle avait été dénoncée par un misérable Irlandais, nommé Greive.

Elle resta deux mois à Sainte-Pélagie et fut condamnée à mort et exécutée le 7 décembre suivant.

Elle avait quarante-neuf ans et elle était encore d'une remarquable beauté.

De toutes les victimes de son sexe frappées par la hache révolutionnaire, la du Barry est celle qui a montré le plus de faiblesse. Arrivée à l'échafaud, elle respirait à peine, et son corps était entièrement renversé sur l'exécuteur.

Mais quand celui-ci voulut remplir ses fonctions,

elle se ranima et se débattit avec tant de violence qu'il fallut employer la force pour la fixer à la planche fatale.

Un cri déchirant se fit entendre : *Encore un moment, monsieur le bourreau, encore*...

La hache plus prompte l'empêcha d'achever.

III

LE PARC-AUX-CERFS

Nous avons raconté la vie galante de Mme de Pompadour, mais nous devons revenir en arrière et parler en détail de l'époque où, pour conserver son autorité, la célèbre maîtresse de Louis XV s'abaissa à n'être plus que sa complaisante.

C'était un rôle ignoble que celui qu'elle remplissait, mais il le fallait pour qu'elle conservât son infâme notoriété.

Le roi bâillait. Douze ans de fidélité l'avaient lassé. Coûte que coûte, il fallait le distraire.

— Que le roi jouisse tant qu'il voudra de la beauté, disait Mme de Pompadour à Mme du Haussay, tant mieux, c'est pour moi un peu moins de fatigue. L'essentiel c'est qu'il n'ait que des caprices et non pas des maîtresses.

C'est de cette idée que naquit le Parc-aux-Cerfs.

Diverses dames de la cour, la comtesse d'Esparbès et la comtesse d'Estrade en tête, entamèrent cette série d'amourettes qui se prolongea pendant près de seize ans; mais toujours les grandes dames, cela devenait monotone. La Pompadour chercha mieux et elle trouva.

Le mieux, ce fut un harem, un sérail composé de jeunes filles — l'expression était juste, car on les volait souvent, — dans toutes les classes de la société.

Les historiens les mieux renseignés ne sont point d'accord sur l'emplacement de ce fameux Parc-aux-Cerfs, une des hontes, parmi tant de hontes, du règne de Louis XV.

Les uns en font une ancienne habitation de chasse de Louis XIII transformée en une quantité de petits pavillons entourés de jardins et de bois.

Les autres lui donnent pour siège l'Ermitage, abandonné gracieusement au roi pour ses plaisirs par Mme de Pompadour.

Cette version est la plus vraisemblable.

Touchard-Lafosse a recueilli les principaux statuts de l'établissement royal du Parc-aux-Cerfs.

Ils furent rédigés par la marquise de Pompadour, conseillée par Mme de Mirepoix et Mme du Hausset, assistées... du Cardinal de Bernis.

Voici les points principaux de ces statuts.

De très jeunes personnes, vierges, autant qu'on en pourra juger, seront admises dans cette espèce de couvent.

Les demoiselles dont le nombre est illimité, y vivront séparément, sans avoir la moindre communication entre elles, soit pour éviter de détruire la diversité de naturels, d'humeurs et d'esprits qui doit offrir au maître les charmes de la variété, soit afin de prévenir que dans des communications trop communes dans les pensions, les jeunes recluses n'altèrent, ne flétrissent même les charmes réservés à l'agrément du roi.

Des agents sûrs et dévoués seront chargés de parcourir le royaume pour y découvrir des beautés neuves et inconnues.

Les autorités recevront l'ordre secret, non seulement de n'entraver en aucune manière la mission des fonctionnaires du Parc-aux-Cerfs, mais encore de leur prêter assistance et main-forte au besoin.

Des bordereaux approximatifs seront remis au trésorier de la couronne qui seront tenus de faire les fonds nécessaires à l'entretien de la chaîne d'entremetteurs, d'affidés, d'agents et d'indicateurs établis d'un bout de la France à l'autre et qu'il sera juste de salarier largement de peur que, par une parcimonie mal entendue, le service ne vienne à en souffrir.

Un autre fonds sera alloué pour conduire à Versailles les demoiselles recrutées pour les décrasser, les habiller, les parfumer, et relever en un mot tous moyens de séduction qu'elles pourront posséder.

Les néophytes, à leur arrivée à Versailles, seront d'abord présentées à Mme de Pompadour, qui, seule, pourra les introduire dans les petits appartements où le roi prononcera sur leur admission ou leur rejet.

Une indemnité *honnête* sera donnée aux *aspirantes*

qui n'auraient pas le bonheur de plaire à Sa Majesté.

Elles seront, par les soins des agents du Parc-aux-Cerfs, remises aux lieux d'où elles auront été enlevées : l'institution n'entendant toutefois contracter aucune responsabilité quant aux accidents qui pourraient survenir à la vertu des beautés réformées avant admission.

Le sieur Lebel est nommé surintendant du Parc-aux-Cerfs.

Il aura la haute main sur les détails extérieurs et intérieurs.

La dame Bertrand qui, selon les circonstances, pourra prendre encore le nom de Dominique, sera directrice de la maison. Elle correspondra directement avec le roi et Mme de Pompadour.

Les avantages des pensionnaires du Parc-aux-Cerfs varieront avec le degré de satisfaction qu'elles auront procuré au roi, suivant leur position dans le monde, et surtout relativement à la fécondité ou à la stérilité du commerce qu'elle auront eu avec Sa Majesté. Mais une jeune personne conjédiée ne pourra jamais obtenir moins d'une somme représentant dix mille livres de rente.

Il sera ordinairement pourvu à son mariage afin que le roi n'ait pas la honte de voir tomber dans le désordre une femme honorée de ses bontés.

La première entrevue des arrivantes avec le roi aura lieu dans le petit appartement de deux pièces attenant à la chapelle.

L'EXAMEN au PARC-AUX-CERFS

Sa Majesté y passera pour un seigneur polonais parent de la reine et qui, pour cette raison, logera au château.

Le monarque se rendra secrètement dans cet endroit : les sentinelles devant lesquelles il devra passer auront l'ordre de lui tourner le dos, quand elles l'entendront venir.

Les entrevues suivantes se passeront dans l'intérieur du Parc-aux-Cerfs, à moins que Sa Majesté n'ait la fantaisie de recevoir une des pensionnaires au château, auquel cas des ordres spéciaux seront donnés à la dame Bertrand.

Lecture fut faite de ces statuts au roi qui les trouva fort convenables et écrivit au bas : *approúvé*, d'une main aussi ferme que s'il eût signé un glorieux traité de paix.

Balzac, dans une étude sur Louis XV, dit :

« Pour moi, il est peu de rois dans notre histoire dont la figure nous apparaisse plus mélancolique que celle de Louis XV, en dépit de son entourage de frivolités, de femmes, de fleurs, de dorures, de petites choses et de petitesses. Nous dirons plus, malgré ses dissipations, malgré son asservissement à Mme de Pompadour, malgré le Parc-aux-cerfs et la présentation de la Du Barry à la cour, il en est peu qui nous inspirent autant d'intérêt. »

Nous sommes fâchés de différer d'opinion avec un aussi grand écrivain que l'auteur de la *Comédie humaine*.

Mais, pour nous, la figure de Louis XV est, de

toutes les figures de mauvais rois, celle qui nous inspire le plus de dégoût et d'horreur.

Relativement, nous lui préférons Charles IX lui-même, car, si Charles IX tuait, il ne souillait pas.

C'était aux Tuileries principalement que Lebel et la femme Bertrand s'en allaient, comme des loups cherchant leur proie.

La plupart des jeunes filles qu'ils enlevaient à leurs parents n'avaient pas douze ans.

Le libertinage du roi était devenu de la dépravation physique et morale. On a envoyé au bagne des hommes qui n'ont pas commis la centième partie des crimes de Louis XV.

Le nouveau sérail se peupla insensiblement d'une foule de jeunes filles nobles et roturières, que les pourvoyeurs des plaisirs de Sa Majesté faisaient enlever de tous côtés, dans la capitale et dans la province, par le moyen d'agents secrets qui étaient constamment à la recherche de jolis minois.

Dès que les courtisans surent l'existence et le but de cette maison, ils en briguèrent à l'envie le gouvernement.

Le roi leur rit au nez : il avait choisi Lebel, qui agissait sous la souveraineté du comte de Saint-Florentin, ministre de la maison royale.

On y installa néanmoins une sorte de chef militaire, ancien major d'infanterie, qu'on appela par plaisanterie M. de Cervières. Ses fonctions consistaient principalement à empêcher les jeunes gens de pénétrer dans le sérail.

Le poste de soldats le plus proche du Parc-aux-Cerfs avait l'ordre d'accourir à son premier appel. L'ancien major touchait un traitement de douze mille livres.

Une femme revêtue des fonctions de surintendante avait la haute main sur tout l'établissement.

Elle y commandait avec un pouvoir absolu ; elle réglait la dépense, veillait au maintien du bon ordre et prenait garde à ce que les jeunes filles passassent le temps d'une manière convenable, et surtout à ce qu'elles ne se fréquentassent pas entre elles.

Cette directrice fut d'abord une ancienne chanoinesse d'un chapitre noble ; elle appartenait à une des meilleures familles de la Bourgogne, celle des B... On ne la connaissait au Parc-aux-cerfs que sous le nom de Madame : on n'aurait pas osé lui donner un autre nom.

Peu de temps après la mort de la chanoinesse, une femme de bas étage, mais d'un esprit d'ordre extraordinaire, lui avait succédé dans cet emploi.

Louis XV faisait le plus grand cas de cette femme et il déclarait que, si elle eût été un homme, il lui aurait confié un ministère.

Au demeurant, elle avait mis le sérail sur un pied parfait, et on avait bien instruit les odalisques sur l'étiquette.

La *madame* qui vint ensuite était une femme toute remplie de noblesse, grande, sèche, au regard vigilant, au geste impératif. Elle professait un souverain mépris pour les beautés roturières confiées à sa garde.

Du reste, elle ne les traitait pas mal, car il pouvait naître dans le cœur du roi une passion pour une *vilaine* bien jolie et, en femme prudente, elle voulait être prête à tout événement.

Quant aux demoiselles nobles, celles-ci étaient ses favorites. Madame ne divisait pas ses favorites. Madame ne divisait pas ses pensionnaires en brunes ou en blondes ; elle les divisait en nobles ou en roturières.

Après elle, il y avait deux sous-maîtresses.

Elles devaient tenir compagnie aux demoiselles d'un âge raisonnable que l'on établissait en passant.

Elles dînaient parfois avec les nouvelles venues, les initiaient aux belles manières, et assistaient aux leçons de musique, de danse, d'histoire et de littérature qu'on donnait aux élèves.

Puis, venaient une douzaines de femmes d'un rang inférieur, créatures à tous services, moitié soubrettes moitié dames de compagnie, espionnant les élèves et ne négligeant pas de se nuire mutuellement, quand elles en trouvaient l'occasion.

Le gros de l'ouvrage était fait par de vraies servantes et par des domestiques hommes, choisis vieux et laids par précaution.

On les payait très cher; mais, en revanche, à la moindre indiscrétion, on les envoyait languir dans une prison d'Etat.

Une police sévère s'exerçait, en général, sur tous les habitants de l'un et de l'autre sexe de cette demeure mystérieuse.

Il était convenable, en effet, que les faiblesses du roi restassent couvertes d'un voile épais et que le public ne fût initié à rien de ce qui ce passait au Parc-aux-Cerfs.

On désignait sous le nom général d'élèves les jeunes filles que l'on y retenait.

Il y en avait de tout âge, depuis neuf ans jusqu'à dix-huit.

Jusqu'à l'âge de quinze ans, on leur laisait ignorer le nom de la ville qu'elles habitaient. Quand elles avaient atteint cet âge, on ne leur faisait plus mystère de tout cela; on tâchait seulement de les empêcher de croire qu'elles fussent destinées à la couche du roi. Tantôt on leur disait qu'elles étaient emprisonnées, ainsi que l'étaient ailleurs leurs familles; tantôt un amant, riche financier, les faisait garder en cachette pour satisfaire son amour.

L'une croyait appartenir à un prince allemand, l'autre, à un noble anglais.

Il en était pourtant quelques-unes qui, mieux instruites, ou par leurs antécédents ou par le hasard, savaient quelle était leur destinée, et elles bâtissaient là-dessus de superbes châteaux en Espagne.

Mais quand on les soupçonnait aussi savantes, on les renvoyait, soit en les mariant, lorsqu'elles étaient enceintes, soit en les faisant entrer dans un cloître ou dans un chapitre.

On servait les demoiselles nobles avec une étiquette particulière; leurs domestiques portaient une livrée verte.

Celles qui appartenaient à la roture n'avaient que des valets vêtus de gris.

C'était le roi qui avait réglé tout cela. Il s'en applaudissait comme d'une des meilleures choses qu'il eût faites dans toute sa vie, et pensait sérieusement que les familles qui payaient cet impôt à ses plaisirs devaient lui en tenir grand compte.

Il peut germer, comme on le voit, de plaisantes idées dans la tête d'un roi.

Après *madame*, après les *sous-madame*, après les demoiselles de compagnie, venait une femme qui n'avait pas de titre dans la maison.

C'était une créature bien étonnante que la mère Bompart : ainsi l'appelait-on.

Figurez-vous une femme plus petite que grande, plus grasse que maigre, plus vieille que jeune, ayant bon pied, bon œil, une santé de fer, une vocation décidée pour l'intrigue ; ne buvant que du vin, ne disant que des mensonges et reniant Dieu à propos, figurez-vous tout cela et vous connaîtrez la mère Bompart, pourvoyeuse en chef des cellules du Parc-aux-Cerfs.

Elle était en correspondance avec toute sorte de personnes.

Elle traitait de pair et compagnon avec Lebel, entrait familièrement chez M. de Sartines et ne dédaignait pas d'aller voir M. le comte de Saint-Florentin.

Elle était généralement bien reçue à la cour, car beaucoup de personnes comptaient sur elle pour placer auprès de Sa Majesté, soit une parente, soit une amie, soit même une sœur, une épouse ou une fille.

Le Parc-aux-Cerfs coûtait des sommes énormes. La dépense du mois était basée sur cent cinquante mille livres, seulement pour payer les fonctionnaires et les domestiques de la maison, la nourriture et l'entretien des élèves.

On soldait à part les gens chargés de recruter les jeunes personnes, les indemnités accordées à leur famille, les cadeaux qu'on leur faisait et la prime accordée aux enfants naturels.

Il y avait dans tout cela une dilapidation incroyable : elle dépassait deux millions par an, et encore comptons-nous au plus bas.

Le Parc-aux-Cerfs a duré trente-quatre ans ; il coûtait chaque année quatre ou cinq millions : au bout du compte, cela faisait environ cent cinquante millions.

Le trésor s'épuisait ainsi sans que la déprédation des finances pût être constatée.

Alors commencèrent les *acquits du comptant*, qui s'augmentèrent d'année en année avec une progression croissante.

L'administration du trésor public n'avait rien à redouter de la censure de la cour des comptes.

Les *acquits du comptant* étaient admis sans examen.

On appelait ainsi des sommes délivrées sur la simple signature du prince, sans énonciation de motifs.

Si Louis XV était prodigue et licencieux, il ne manquait pourtant pas de dévotion.

A voir ce prince à la messe, aux vêpres, au sermon, on aurait cru apercevoir un autre Saint-Louis, tant il chantait et priait avec ferveur.

Il était véritablement à peindre lorsqu'il récitait ses heures à la tribune de Versailles.

On l'y voyait lire les oraisons avec tous les dehors d'une dévotion exagérée ; puis, il fermait son livre, le posait sur le prie-Dieu, et continuait à prier en agitant les lèvres avec une telle célérité que tous les muscles de son visage étaient en action.

On aurait pu croire que c'était chez lui une simple mômerie ; mais point du tout. Le roi était né très religieux ; il avait eu pour précepteurs des évêques et, comme ses aïeux, il savait parfaitement allier le libertinage avec la dévotion.

Si le monarque faisait élever au Parc-aux-Cerfs des petites filles pour ses plaisirs, il avait soin que la religion ne fût pas négligée dans leur éducation.

Aussi, les *élèves* étaient-elles menées à l'église avec beaucoup de régularité ; et lorsqu'elles ne pouvaient absolument s'y rendre, le roi leur faisait ordonner de lire dans leur chambre les prières de la messe ou des vêpres.

Quand l'une d'elles était assez grande pour lui être présentée, le roi la faisait venir dans un de ses petits appartements du château de Versailles, où il passait souvent des journées entières avec elle. Là, il se plaisait à la faire causer et à se jouer de son inexpérience.

Quelquefois, il s'amusait à l'habiller et à la lacer, et d'autres fois, il lui apprenait à lire, à écrire, et à prier Dieu, comme l'aurait fait le maître de pension le plus scrupuleux.

Il est à remarquer que le roi ne se lassait pas de tenir aux jeunes élèves des discours de dévotion, ce qui ne manquait pas de faire sourire de pitié les personnes qui pouvaient être témoins de cette étrange éducation.

Le roi avait une très belle écriture. Il aimait dans ses moments de loisir à faire lui-même des modèles d'écriture pour le pensionnat du Parc-aux-Cerfs, de sorte qu'on a pu voir quelques-unes de ces demoiselles posséder une manière d'écrire entièrement semblable à celle de Sa Majesté.

Quand une élève était devenue enceinte, on la faisait sortir du pensionnat, et on la conduisait, soit à Saint-Cloud, soit à Passy, soit à Saint-Germain, dans un logement spécial et tout préparé, où la demoiselle devait faire ses couches.

Le plus grand mystère devait présider à l'accouchement de la mère et au baptême de l'enfant. Le roi tenait à conserver le plus strict *incognito* envers celle qu'il avait séduite.

Avant l'établissement du Parc-aux-Cerfs, les enfants naturels de Louis XV étaient assez rares, mais bientôt il en arriva un tel nombre qu'il fut résolu à la cour d'établir à leur égard une règle de conduite qui remplit les devoirs de l'humanité sans nuire à ce que le roi exigeait de respect et de considération.

Ces sentiments auraient pu être endommagés par la manifestation d'une aussi prodigieuse fécondité.

Messieurs de Sartines et Lebel auraient pu seuls nous dire quel fût le nombre de ses enfants et ce qu'ils coûtèrent annuellement à l'Etat.

D'abord, on les élevait dans les collèges et dans les couvents, et on avait le plus grand soin de les tenir dans l'incertitude aux yeux du public.

Ils passaient pour être des enfants de très riches Américains qui les envoyaient en France pour y faire leur éducation.

Leur éducation étant finie, on plaçait les garçons dans les régiments ou dans l'église.

Les filles faisaient profession dans les couvents où elles avaient été élevées, ou bien étaient, comme leurs mères, mariées sous un nom d'emprunt et avec une dot dont le chiffre ordinaire était de quarante mille écus, sans compter un très riche trousseau.

Les mères devaient ignorer complètement ce que leurs enfants étaient devenus ; du moins, on multipliait tous les moyens possibles pour arriver à ce but.

Malgré les soins et les précautions que l'on pouvait prendre à cet égard, il arriva cependant plusieurs fois que la vigilance de la police fut mise en défaut par la sollicitude de ces pauvres mères qui, après avoir subi l'outrage du déshonneur, se voyaient encore arracher cruellement des bras les tendres objets de leur affection.

L'une d'elles, qui fut mariée à un seigneur de Sailly, étant parvenue à découvrir que la fille qu'elle avait eue de Louis XV était en pension à Paris, au couvent de la Présentation, voulut absolument se ménager des relations avec son enfant.

Mais comment pénétrer dans une maison inaccessible et dont la supérieure avait le secret du roi?

La mère ingénieuse sut trouver un accès dans cette enceinte interdite. Elle obtint de la supérieure de venir quelquefois, dans le couvent, surveiller l'éducation d'une jeune fille qu'elle y plaça et qui était issue de son mariage.

A l'aide de la permission qui lui avait été accordée Madame de Sailly espérait rencontrer un jour sur ses pas l'enfant qu'elle cherchait avec tant de sollicitude mais que malheureusement elle ne pouvait pas connaître, puisqu'il lui avait été arraché quinze jours après sa naissance.

Lorsque les pensionnaires quittaient leurs classes ou se mettaient en mouvement pour quelque exercice, la mère avait soin de se présenter à leur passage et de les considérer attentivement les unes après les autres, pensant que la nature devait lui faire distinguer celle que son cœur appelait.

Après avoir bien longtemps observé les élèves qui paraissaient de l'âge de sa première fille, elle vit dans l'une d'elles la couleur brune du roi, ses beaux yeux, son sourire, son air et sa figure, le nez des Bourbons, un ensemble et un maintien qui tenaient de la Majesté royale.

Madame de Sailly crut distinguer la fille de Louis XV parmi toutes ces pensionnaires et répandit aussitôt des larmes d'amour et de bonheur. La nature elle-même sembla favoriser la bonne mère dans ses sollicitudes.

Sa fille, âgée de trois ans, était à peine entrée à la Présentation, que sa sœur, fille du roi, qui en avait quinze, se prit d'une belle amitié pour elle : nouvelle source de sensations agréables pour la mère qui voyait dans cette affection la preuve la plus certaine de ce qu'elle soupçonnait.

Madame de Sailly, que la tendresse rendait insinuante et persuasive, parvint à inspirer assez de confiance à une religieuse pour que celle-ci lui permit de réunir ses deux filles dans une cellule, et de dîner avec elles en particulier.

La mère put ainsi prodiguer à sa fille aînée ses caresses et lui donner tous les témoignages de son amour maternel.

Mademoiselle de Saint-André, c'était le nom de la fille du roi, lui dit un jour :

— Madame, depuis que je me connais, je cherche ma mère sans avoir pu réussir à en avoir quelques nouvelles. Qu'elles sont heureuses, mes amies et mes compagnes, d'avoir une mère qu'elles peuvent chérir et dont elles sont sûres d'être aimées !

Madame de Sailly était attendrie jusqu'aux larmes elle brûlait de révéler à Mademoiselle de Saint-André la nature des liens qui l'unissaient à elle ; mais, retenue par l'injonction sévère du roi, et redoutant les ordres ultérieurs d'une séparation éternelle, elle réprima avec courage les sentiments de son âme et parvint à se contraindre un instant. Mais sa fille aînée ayant aperçu l'attendrissement de Madame de Sailly.

« Oh ! Madame, continua-t-elle, je me trompe ; il il n'est pas vrai que je manque de mère ; j'en ai une ; mon amitié pour vous, votre estime pour moi, des émotions inexplicables en vous voyant, me disent suffisamment que vous êtes ma mère. Je n'en veux pas d'autres preuves, ajouta-t-elle en sanglotant. »

Et soudain, la fille de Louis XV et sa mère s'embrassent et confondent leurs larmes.

La religieuse, qui avait prêté sa cellule, avait été témoin de cette scène attendrissante.

Bientôt, le tuteur de Mademoiselle de Saint-André fut instruit de ce qui venait de se passer dans l'intérieur du couvent, et des ordres menaçants furent donnés pour une affreuse séparation, qui dépaysa respectivement la mère et la fille.

Madame de Pompadour qui avait fondé le Parc-aux-Cerfs pour fournir à Sa Majesté de quoi satisfaire ses goûts inconstants, eut quelquefois lieu de craindre que l'une de ces demoiselles, mieux instruite peut-être et plus adroite que les autres, n'inspirât à Louis une passion durable.

Mademoiselle de Romans, l'une d'entre elles dont

le roi fût le plus épris, parvint à connaître la qualité de son amant, et à exciter chez la marquise un sentiment sérieux de jalousie.

La demoiselle, qui s'ennuyait au sérail, avait témoigné un vif désir d'en sortir, et Louis XV s'était rendu au désir de sa jeune maîtresse en lui achetant à Passy une maison avec un riche mobilier. Il lui avait donné en outre un riche carrosse et des domestiques à livrée.

Tous ces dons suffisaient aux vœux et aux besoins de Mademoiselle de Romans; quoique honorée des visites et de la faveur du monarque, elle n'était pas sortie de la situation d'une bourgeoise aisée.

Enfin, le roi la rendit mère et promit de faire baptiser l'enfant sous son nom et de le reconnaître un jour.

L'enfant fut, en effet, baptisé sous le nom de *Bourbon*, fils de Charles de Bourbon, capitaine de cavalerie.

La mère croyait fixer les yeux de toute la France et voyait dans son fils un nouveau duc du Maine. Elle le nourrissait elle-même et n'aurait pas voulu laisser à une étrangère un pareil soin, un pareil honneur.

Souvent, elle allait au Bois de Boulogne, chamarrée des plus belles dentelles, ainsi que son fils, qu'elle faisait placer dans une corbeille ornée de fleurs. Elle s'asseyait sur l'herbe, dans un endroit solitaire, mais qui fut bientôt connu; et là, elle donnait à téter à l'enfant royal.

Toute la cour parlait des visites mystérieuses de

Louis XV à Passy, de son amour pour une jeune personne d'une beauté remarquable.

Les ennemis de la marquise de Pompadour ne manquaient pas d'exagérer la passion du roi et de faire sonner bien haut la promesse que le roi avait faite de reconnaître plus tard le fils de la belle inconnue.

Mme de Pompadour, qui était la suprême intendante du Parc-aux-Cerfs, connaissait mieux que toute autre l'origine de la jeune personne, mais, en présence d'une faveur qui lui portait ombrage, elle résolut de perdre l'imprudente rivale. Elle n'eut pas besoin de lutter, les événements ne l'ayant que trop tôt délivrée.

Celle-ci se croyait fort sérieusement appelée à jouer bientôt un grand rôle à la cour de France. Elle avait la puérile naïveté de rendre à son fils des hommages anticipés ; elle ne l'appelait que *Monseigneur*, le plaçait dans le fond de son carrosse, tandis qu'elle se tenait sur le devant. Les domestiques, sa famille, les étrangers qui fréquentaient sa maison n'approchaient *le petit prince* qu'avec le plus grand respect.

La marquise s'amusait de ce singulier manège car tout se passait dans l'intérieur.

Mademoiselle de Romans, en effet, sortait rarement de sa retraite, n'allait jamais à la cour et ne témoignait aucune envie d'y paraître. Aussi les ministres et la favorite commençaient à perdre toute inquiétude.

Le *petit prince* avait grandi et sa mère aurait continué de vivre dans son obscure tranquillité, sans l'intervention de l'abbé de Lustrac, qui fit sonner bien haut la noble origine du princillon bâtard. Ce gentilhomme tonsuré s'était introduit chez mademoiselle de Romans en qualité de précepteur de l'enfant.

Sur ces entrefaites mourut Mme de Pompadour qui laissait ainsi vacante, à la cour de France, une place des plus enviées et recherchées par tout ce qu'il y avait de plus illustre parmi les dames de la noblesse.

L'abbé de Lustrac crut que personne n'avait plus de droits pour succéder à la marquise que la mère du jeune *Bourbon*.

C'est pourquoi il mit tout en œuvre pour inspirer à celle-ci un peu plus de confiance et donner plus d'activité à son ambition.

L'intrigant abbé n'eut pas de peine à faire partager ses idées à Mlle de Romans, et bientôt il devint le confident, le conseil et le secrétaire de la future favorite.

Chaque jour, il lui faisait écrire lettre sur lettre afin d'obtenir du roi la faveur de résider à la cour.

L'abbé, comme précepteur du jeune prince, devait nécessairement suivre celle qu'il dirigeait en ce moment.

Louis XV, qui redoutait les changements dans sa manière de vivre, et qui, d'ailleurs, commençait à se refroidir à l'égard de la belle solliciteuse, faisait un peu la sourde oreille à ses prières, ne donnait que des réponses évasives et ne visitait plus sa maîtresse que de loin en loin.

Celle-ci pensant voir dans ses supplications un motif de refroidissement de la part du roi, voulait interrompre une correspondance dont l'issue lui semblait contraire à ses intérêts.

Mais son directeur, poussé par ses vues ambitieuses et voulant absolument faire de Mlle de Romans un instrument passif pour arriver aux grandeurs, lui persuada que son extrême timidité priverait son fils des avantages que lui assurait son illustre naissance, et l'empêcherait d'occuper elle-même auprès du trône la place la plus élevée à laquelle elle avait, disait-il, des droits incontestables.

L'ancienne élève du Parc-aux-Cerfs n'avait pas assez de perspicacité dans l'esprit pour découvrir les motifs secrets des efforts si opiniâtres de l'abbé Gascon. Elle ne cessa de presser le roi de la recevoir au château de Versailles et de tenir la promesse qu'il lui avait faite de reconnaître son fils. Le monarque, sans refuser formellement, espaçait ses visites de plus en plus.

L'abbé insista toujours, et Mlle de Romans, écoutant trop facilement son directeur, cessa enfin de se contraindre. Elle ne garda plus aucune mesure, et affecta avec les personnes qui étaient en relations avec elle des airs de grandeur et de prétention.

L'intimité de sa situation auprès du roi ne fut plus un mystère ; elle s'en vantait hautement, et le *petit prince* fut présenté glorieusement aux hommages de la petite cour de Passy.

Le précepteur de l'auguste enfant se voyait déjà

évêque, en attendant mieux encore pour l'avenir, car ses espérances étaient sans bornes comme son ambition. Le chapeau de cardinal et un portefeuille de ministre étaient à peine suffisants pour satisfaire ses hautes prétentions.

Cependant le roi, fatigué de tant d'importunité, prit de l'humeur. D'un autre côté, les ministres, à peine débarrassés de la tyrannie d'une maîtresse impérieuse, n'étaient nullement disposés à changer de joug.

L'adresse avec laquelle l'abbé de Lustrac avait ourdi cette intrigue leur faisait craindre un rival redoutable, si Mademoiselle de Romans était déclarée favorite.

Le roi, qu'épouvantait la moindre contrariété, laissa faire les ministres.

Une lettre de cachet termina l'intrigue de Passy.

Mlle de Romans fut enlevée sans pitié et, sans égard pour sa position elle fut, malgré ses larmes et ses lamentations, conduite dans un couvent.

L'abbé fut enfermé dans un château fort, et l'innocent objet de tant de manœuvres et de tant d'alarmes fut séparé de sa mère, qu'il ne cessait d'appeler avec des cris de douleur.

Voici la fin de cette histoire, commencée au Parc-aux-Cerfs. Mlle de Romans parvint à sortir de son couvent et vécut, dans la suite d'une pension accordée sur le trésor public.

Elle eut le bonheur de revoir son fils, sur lequel elle avait fondé de si hautes espérances. Celui-ci sut se créer une brillante position. Il devint, sous le nom de Narbonne, ministre de la guerre de Louis XVI.

Quant à l'abbé de Lustrac, il ne fut plus question de lui.

En 1790, parut un ouvrage intitulé le *Parc-aux-Cerfs* ou l'*Origine du fameux déficit.*

Nous en extrayons, en les abrégeant toutefois, les notices suivantes. Il y en a qui présentent une authenticité douteuse, mais nous avons voulu tout rapporter pour laisser au lecteur le droit d'apprécier lui-même.

Voici donc une liste de dames ou demoiselles qui ont été au Parc-aux-Cerfs.

Madame de Beaunoir. — Cette femme, bel-esprit, avait écrit quelques pièces de théâtre, entre autres *Céline*, qu'elle avait dédiée à Louis XV.

Ce monarque voulut voir l'auteur ; sa figure et sa tenue lui plurent et il lui fit donner un appartement aux Petites-Écuries ; mais Mme de Beaunoir n'était pas avare de ses charmes ; elle se conduisit si mal, en des circonstances si scandaleuses et si publiques, que le roi, s'en étant dégoûté, elle perdit bientôt ses bonnes grâces et le logement qui lui était accordé. Il y a, à cette époque, un auteur du nom de Beaunoir. Est-ce le mari du trop galant bas bleu ?

Mademoiselle de Romango. — Elle était d'Amiens où elle se faisait remarquer par son esprit et par ses charmes. Son père, obligé de venir à Paris pour poursuivre un procès, amena sa fille avec lui et la conduisit à Versailles. Elle y vit le roi, ne résista pas à ses désirs et fut, selon toutes les apparences, bientôt oubliée.

La duchesse de Chaulmes. — Il y a sans doute une erreur dans la manière dont l'auteur a écrit le nom de cette dame, qui appartenait probablement à la famille de Chaulnes.

Quoi qu'il en soit, une seule nuit vit naître et expirer sa faveur. De dépit, elle se retira dans une de ses propriétés, où elle épousa un Giac.

Mademoiselle de Coulanges. — Cette demoiselle, quoique de fort bonne famille, était entretenue par le prince de Bauffremont, qui la payait fort mal. Elle était loin d'être heureuse quand le roi entendit parler d'elle. Il la fit venir, la garda peu et la renvoya avec un cadeau de mille louis.

Madame d'Esparbès. — Cette dame, née de Lussan, était fort jolie.

Il paraît, d'après ce que disait le roi lui-même qu'elle n'avait pour elle que la figure, et peut-être quelque esprit. Il fallait quelque autre chose au monarque libertin, qui se fatigua bientôt de Mme d'Esparbès. On croit qu'elle était fille de d'Esparbès de Lussan, vicomte d'Aubeterre, ancien ambassadeur à Rome.

C'est certainement la même dont veut parler un écrivain moderne quand il dit :

« Madame d'Esp... eut un règne encore plus court que celui de Madame de Coaslin : elle prenait et donnait de l'amour d'un élan, et son inconstance était prompte comme sa défaite. Elle avait des lèvres et des dents d'une fraîcheur, d'une pureté, d'un attrait irrésistibles. *Petit bec d'amour* était son surnom. Louis XV eut une fantaisie. Dans un moment de faiblesse et de dépit contre lui-même, il lui dit : — Comment veux-tu que je t'aime ? tu as eu tous mes sujets. — Ah ! sire ! répondit-elle. — Tu as eu le duc de Choiseul ! — Sire, il est si puissant ! — Le maréchal de Richelieu ? — Il a tant d'esprit. — Monville ? — Il a une si belle jambe. — A la bonne heure, mais le duc d'Aumont qui n'a rien de tout cela ? — Ah ! Sire, il est si attaché à Votre Majesté ! »

La comtesse d'Egmont. — Elle était fille du maréchal de Richelieu et était citée, même à la cour de Louis XV, pour la dissolution de ses mœurs.

Le roi éprouva pour elle quelques désirs qu'elle s'empressa de satisfaire. Elle mourut à vingt-trois ans, victime de son incontinence.

La marquise d'Eslignac. — Cette femme mourut, vers 1790, laissant une fortune immense qu'elle devait en grande partie aux libéralités de Louis XV. Sa faveur dura six mois, et l'on raconte de différentes manières la cause de sa disgrâce. La version la plus probable, c'est qu'elle fut renversée par le parti du duc de Choiseul, qui d'après les bruits du temps, n'avait pu réussir à lui plaire.

Mademoiselle de Grandi. — Née à Rome, elle avait accompagné à Paris son oncle, secrétaire de la légation romaine.

Le roi la vit, en devint amoureux et, le lendemain, lui envoya un carrosse magnifique, attelé de six chevaux. Quatre autres chevaux suivaient en laisse, et Mlle de Grandi trouva dans le carrosse 130,000 livres en or, auxquelles était jointe une lettre.

Elle ne put résister à la munificence d'un tel amant; elle s'enfuit secrètement de chez son oncle, et le Parc-aux-Cerfs compta une *élève* de plus.

Mademoiselle Lefèvre. — Elle était attachée à la Comédie Italienne. Une aventure qui lui arriva avec le fils du fermier-général de Caze, piqua la curiosité du roi, qui la fit venir à Versailles, et l'y retint.

Madame de Saint-Hélène. — Cette dame était créole et appartenait à une famille distinguée. Remplie de grâces, jolie, vive, spirituelle et coquette, elle avait tout pour plaire, lorsque, à l'âge de vingt-quatre ans, elle fit la connaissance de la marquise de Mirepoix qui la présenta au roi.

Bientôt le marché se conclut. Le mari de Mme de Sainte-Hélène repassa les mers, tandis que sa femme étalait à Paris un luxe éblouissant.

Mademoiselle lescot. — C'était une actrice de la Comédie Italienne qui était fille de Clairval, et n'avait que onze ans quand elle alla pour la première fois à Versailles. Le roi la vit et elle fut admise dans les orgies du Parc-aux-Cerfs.

Mademoiselle de malignan. — Cette demoiselle était de bonne famille, elle était belle, mais n'avait aucune fortune. Il paraissait donc difficile de l'établir, lorsque en 1770, le valet de chambre Lebel la rencontra au Palais-Royal. Il fut frappé de ses attraits et, après avoir pris des informations sur le compte de cette jeune personne, il la fit passer dans les bras de Louis XV, du consentement même de sa mère.

Madame de martinville. — Elle avait épousé un fermier général et ne posséda qu'un moment les bonnes grâces du monarque, qui s'en dégoûta aussitôt. Mme de Martinville avait, dit-on, la même incommodité que la marquise de Pompadour. Nous avons parlé en temps et lieu de ce bouquet de *fleurs*.

Madame de la rure. — Elle était la fille d'un apothicaire nommé Martin et avait reçu une très brillante éducation.

Louis XV l'entendit chanter et en devint amoureux. Mme de la Rure céda. Cette dame, à cinquante ans, se prit de belle passion pour un garde du corps qui ne répondait point à ses avances, Désespérée de ses rigueurs, elle tomba dans une espèce de mélancolie frénétique qui la conduisit au tombeau.

LA COMTESSE DE SADES. — Si l'on en croit l'auteur du *Parc-aux-Cerfs*, Louis XV ne serait venu à bout de Mme de Sades qu'en lui faisant prendre des pastilles de chocolat saupoudrées de cantharides ; et cet infâme moyen ayant été employé dans une fête donnée à Chanteloup, beaucoup de seigneurs et de dames de la cour se seraient ressentis de la vertu singulière de ces pastilles. On peut juger de l'effet qu'elles durent produire si l'anecdote est vraie, mais il n'y a pas de preuves sérieuses.

LA BARONNE SALIS. — Femme d'un jeune officier Suisse, le roi en devint éperdûment amoureux pendant un séjour qu'elle fit à Versailles. Il s'introduisit secrètement dans sa chambre et, à force d'instances et de prières, il triompha de la vertu de Mme de Salis. Mais cette malheureuse jeune femme fut si fort affectée qu'elle attenta à ses jours. Le lendemain, on la trouva étrangée avec ses cheveux.

MADEMOISELLE TIERCELIN. — Elle était à peine âgée de dix ans lorsque Lebel l'enleva à son père, homme de qualité.

Louis XV voulut qu'à l'âge de treize ans elle prit le nom de Mme de Bonneval, sous lequel on l'introduisit dans les petits appartements de Versailles.

Mme de Pompadour fut tellement effrayée de l'attachement que le roi témoignait à cette enfant, qu'à force d'intrigues, et secondée d'ailleurs par le duc de Choiseul, elle la fit enfermer à la Bastille, ainsi que son père.

Le roi ne se décida pas sans peine à cette mesure de rigueur, mais on lui persuada que Tiercelin et sa fille s'entendaient avec le roi de Prusse et les lettres de cachet furent expédiées.

Après la disgrâce de Choiseul, Mlle Tiercelin sortit de prison, reçut l'ordre de se retirer dans un couvent et n'eut même la permission de voir le fils qu'elle avait eu du roi que sous condition de ne jamais se déclarer sa mère.

Ce fils est l'abbé de Lude : il ressemblait d'une manière frappante à Louis XV.

Mlle Tiercelin avait une pension de trente mille livres ; elle en dépensait cent, et tous les ans, le roi ordonnait qu'on payât ses dettes. A sa mort, son père et son frère trouvèrent une cachette précieuse, qu'ils ont remise, et ils en furent récompensés.

Mademoiselle de ville. — C'était une courtisane entretenue par M. de Clugny.

Une aventure scandaleuse qu'elle eut au Bois de Boulogne avec quelques amies, donna au roi le désir de la connaître. Il est à croire que sa faveur ne fut pas de courte durée.

Madame de villemane. — Elle avait trente ans quand elle plut au roi.

Cette femme fut une seconde Ninon de Lenclos. A soixante-douze ans, elle fit encore des passions.

Thomas, l'historien, qui, tout philosophe qu'il était, a beaucoup aimé les femmes, disait souvent que personne ne lui avait fait une si grande impression que Mme de Villemane, et cependant elle avait cinquante ans passés la première fois qu'il la vit. Elle mourut peu de temps avant la Révolution.

Miss witist. — Miss Witist était demoiselle de compagnie de la duchesse de Devonshire, et l'accompagna à Paris, où elle fut bientôt connue sous le nom de *la belle Anglaise*.

Louis XV l'aperçut à la chasse, chargea le duc de Richelieu de prendre des informations sur son compte, la fit suivre, et lui envoya une boîte enrichie de diamants, avec un bon de 30,000 livres.

C'était plus qu'il n'en fallait pour séduire cette beauté britannique, qui se sépara de la duchesse de Devonshire pour se rendre sur le champ à Versailles où l'appelait la *reconnaissance*.

Madame de coislin. — Elle apparut aussi au Parc-aux-Cerfs, mais elle eut trop d'ambition car elle osa essayer de supplanter la marquise de Pompadour.

Elle réussit bien à attirer les regards et les hommages du roi, mais au lieu d'irriter ses désirs, elle les éteignit en se rendant trop facilement.

Après un règne de huit jours, elle fut éloignée et

courut ensevelir sa honte et son dépit au fond d'une retraite destinée, par un archevêque de sa famille, aux personnes à la vertu fragile, qui auraient à pleurer quelque faute de la nature de celle de Mme de Coislin.

Le sérail du Parc-aux-Cerfs devait disparaître avec son sultan.

On ne saurait croire combien ce triste établissement fut préjudiciable aux mœurs de l'époque. C'était un véritable gouffre de prostitution où venaient s'entasser des jeunes filles de tout rang et qui, rendues ensuite à la société, y apportaient le goût de la débauche et tous les vices dont elles s'étaient imprégnées dans cette école de corruption.

Les saturnales de Louis XV ne furent que trop imitées par les grands seigneurs du temps, qui, pour la plupart, s'empressaient de se modeler en tout sur le monarque dont ils étaient les vils adulateurs.

Les traditions de la Régence n'étaient pas perdues, et les *roués* avaient des émules et des successeurs.

Point de seigneur qui n'eût sa petite maison ; de grandes dames se montraient sans scrupule dans ces orgies, avec des filles.

Ces Messalines de salon rivalisaient d'impudence et d'impudicité avec les courtisanes, et méritaient, peut-être plus qu'elles, le nom d'*impures* que l'on donnait aux Phrynés subalternes.

L'oubli des convenances et de la dignité était arrivé à un si haut degré chez les grands que l'on a vu des nobles vendre leur nom et leur titre de la façon la plus scandaleuse et avec un cynisme qui prête autant à la pitié qu'au ridicule.

Voici un fait de ce genre qui fit beaucoup de bruit dans le temps et que, pour l'honneur de l'ancienne noblesse, nous voudrions croire avoir été le seul de son espèce.

La Dufresne, une des plus fameuses courtisanes de l'époque, après avoir été à tout le monde, à tout prix, était enfin tombée entre les mains d'un prince qui lui donna des terres, un hôtel, des rentes.

Dès qu'elle se crut assez riche, elle forma le projet de devenir honnête femme.

Il ne lui manquait qu'un nom respectable et un époux qui lui permît de prendre le sien. Elle apprend qu'il y a de par le monde un marquis ruiné qui, ayant perdu l'espoir de recouvrer de gros biens en Savoie, d'où sa famille était originaire, était réduit à une telle misère, qu'un écu obtenu par l'importunité était pour lui une bonne fortune. Elle lui fait proposer de l'épouser.

Le marquis de Fleuri accepta avec transport cette offre au moins inconvenante, mais qu'il jugea très avantageuse.

Dès le soir, la Dufresne lui envoya par sa femme de chambre les conditions auxquelles devaient s'effectuer cette union, imposée par la vanité opulente à la pauvreté titrée.

Cet étrange contrat a fait événement ; des copies en circulaient dans les salons de bonne compagnie, et la

CHEZ LA GOURDAN

noblesse elle-même était la première à rire de l'avilissement qui enveloppait sa caste, jadis si orgueilleuse.

Voici dans quels termes étaient conçues les clauses de ce singulier contrat.

CONDITIONS AUXQUELLES JE VEUX BIEN ME MARIER AVEC LE MARQUIS DE FLEURI.

Article 1er.

M. le marquis de Fleuri m'épousera mardi, 28 de ce mois, à l'église Saint-Roch, ma paroisse ; et comme je n'ai pas le temps de songer aux dépenses et aux publications des bans, M. de Fleuri se chargera de ce soin moyennant cinquante écus que je lui ferai remettre après la signature de ces conditions.

Réponse.

Accepté pour mardi 28 ; si les cinquante écus suffisent, je me mêlerai de tout ; mais je prie Mademoiselle Dufresne de faire attention que je ne puis sortir, faute d'habit et de perruque.

Article 2.

M. le marquis se trouvera mardi 28, à quatre heures du matin, à Saint-Roch, à l'entrée de la chapelle de la Vierge, avec un de ses amis connus, et aussitôt qu'il me verra avec un des miens, il

Réponse.

Accepté pour l'heure et le rendez-vous, quoique il soit humiliant pour moi de ne pas vous prendre dans votre maison ; mais refusé pour l'ami, ma triste situation ne m'ayant conservé que mon me donnera la main jusqu'à l'autel où l'on nous mariera.

Article 3.

Immédiatement après l'acte de célébration du mariage, je remettrai trois cents livres à M. le marquis, pour le premier quartier de la pension viagère de douze cents livres que je m'engage à lui faire jusqu'à ce qu'il plaise à Dieu de l'ôter de ce monde; hypothéquant, pour sûreté de cette pension, un contrat que j'ai du marquis de Firmoriau, de la somme de vingt-quatre mille livres. M. le marquis aura soin d'avoir en poche sa quittance toute signée.

Article 4.

M. le marquis s'engagera le plus solennellement qu'il sera possible, de reconnaître ma fille et mes trois garçons, de s'en avouer le père, et de leur permettre de prendre, ainsi que moi, les titres, le nom, les armes et la livrée des Fleuri.

cordonnier, que j'amènerai, à tout événement.

Réponse.

Bon pour les trois cents livres dont j'ai grand besoin; mais refusé le contrat, à moins qu'il ne soit garanti par une personne solvable, ou que Mademoiselle Dufresne me donne en place des actions sur la Compagnie des Indes, ou un contrat sur la ville; car, enfin, il n'est pas juste que je donne mon nom pour rien.

Réponse.

Accordé, puisqu'il le faut, mais c'est se faire père de quatre enfants pour un morceau de pain.

Article 5.

M. le marquis me quittera au sortir de l'église, prendra un fiacre pour se retirer où bon lui semblera avec son ami; il s'engagera ici par écrit à ne jamais mettre le pied chez moi, ni dans tous les endroits où je pourrai me trouver.

Réponse.

Accepté de grand cœur : aussi bien vous serais-je inutile.

Article 6.

M. le marquis enverra tous les trois mois chez le sieur Lenoir, notaire, au coin de la rue de l'Echelle, qui lui remettra trois cents livres, sur sa quittance en bonne forme.

Réponse,

Je n'ai garde d'y manquer.

Article 7 et dernier.

Et comme il convient que je fasse respecter le nom que je vais porter, je m'engage à passer six mois, à commencer de demain, dans une maison religieuse où je prendrai un air de décence convenable à mon nouvel état.

Fait à Paris, ce 22 octobre 1755.

Dufresne.

Réponse.

Soit ; mais cette retraite me paraît bien inutile ; au reste, un mari de douze cents livres n'a pas trop le moyen de la représentation ; ainsi, tout comme il vous plaira.

Fait à Paris, ce 22 octobre 1755.

Marquis de Fleuri.

Toutes ces conditions furent fidèlement exécutées. D'ailleurs, la Dufresne paya moins cher qu'elle ne l'avait cru le titre de marquise, l'anoblissement et la légitimité de ses quatre enfants. Elle en fut quitte pour le paiement de deux quartiers de pension, car son noble époux, le marquis de Fleuri, mourut huit mois après la cérémonie nuptiale.

Quelles mœurs que celles d'une époque où de pareilles conventions sont vraisemblables !

Sous le règne fatal du roi de la luxure, à l'époque où les plus grandes familles se disputaient l'honneur de voir leurs filles accueillies au Parc-aux-Cerfs, on a vu en France la noblesse de cour descendre à des rôles plus honteux encore que celui du marquis de Fleuri, et briguer les plus vils emplois auprès d'une courtisane en faveur. Il est vrai que ces grands seigneurs se faisaient payer plus cher leurs adulations et leur bassesse.

Courbevoie. — Imp. E. Bernard, et Cie, 14, rue de la Station.

LE MOTEUR A GAZ

Cylindre et capacité où se fait l'explosion. — Chemise réfrigérante. — Palier d'avant du volant d'arrière. — Socle du bâti. — Piston. — Tiges de piston. — Arbre du volant de la manivelle. — Volant. — Poulie à courroie. — Pignon conique porté par l'arbre du volant. — Arbre de distribution. — Tiroir d'allumage. — Palier de l'arbre de distribution. — Orifice d'amenée de l'air. — Capacité où l'air est aspiré. — Conduite de gaz. — Robinet de réglage du gaz. — Conduite d'aspiration du gaz. — Levier de mire en mouvement du robinet et de réglage. — Roue et pignon conique actionnant le régulateur. — Soupape d'échappement — Conduite d'échappement. — Conduite d'eau froide. — Réservoir à l'huile. — Conduite par où s'égoutte l'huile. — Conduit d'aspiration de gaz et d'air. — Tube d'allumage. — Cheminée. — Conduit d'amenée de l'eau froide.

Un vol. avec 6 fig. intercalées dans le texte et 76 détails d'organes en couleurs.

PRIX 3 FRANCS

MOTEUR A COURANT TRIPHASE

Description des organes principaux.

Caisse en fonte. — Couvercles en fonte. — Paliers. — Pattes de support. — Enroulement immobile. — Boites en fonte du palier. — Coussins. — Arbre. — Clavette. — Moyeu. — Paquet de tôles animées d'un mouvement de rotation. — Tiges de cuivre formant l'enroulement — Tôles perforées. — Porte-Câble. — Enveloppe de caoutchouc durci. — Réservoir d'huile de graissage. — Orifice d'écoulement de l'huile. — Poulie de commande. — Moyeu de la poulie. — Vis de réglage.

Un vol. avec 5 fig. intercalées dans le texte et 38 détails d'organes en couleurs.

PRIX 3 FRANCS

LAMPES A ARC ET COMPTEUR D'ÉLECTRICITÉ

I. *Lampe à courant continu.* — Réseau en fil de fer. — Cendrier. — Crochets en laiton. — Couvercle. — Etrier de Suspension. — Bossages coniques de la pièce en fonte cylindrique. — Bobine du courant dérivé. — Bobine primaire. — Galets de guidage. — Support double. — Tige de connexion. — Porte-charbon inférieur. — Ressort. — Porte-charbon supérieur. — Câbles flexibles. — Bornes. — Orifices d'introduction — Cônes d'arrêt. — Anneaux en porcelaine.

II. *Lampe à courant alternatif* — Cendriers. — Cylindres en tôle. — Réseau en fil de fer. — Barre de connexion. — Porte-charbon inférieure. — Porte-charbon inférieure. — Charbons. — Réflecteur émaillé. — Roue dentée pour recevoir la chaîne. — Arbre de la poulie de la chaîne. — Arbre du disque en aluminium. — Arbre des roues dentées. — Roues et pignons. — Bobines primaires. — Aimants en fer à cheval. — Tiges recourbées amenant le courant. — Orifices d'introductions.

III *Compteur d'électricité.* — Plaque de support principal. — Support en laiton. — Oreilles recourbées du support en laiton. — Bobines primaires. — Moyeux du support-cornière. — Induit en tambour. — Arbre de l'induit. — Collecteur. — Disque en cuivre. — Aimants. — Bobine de tension. — Disque émaillé. — Roue hélicoïdale. — Porte-Balais.

Un vol. avec 6 fig. intercalées dans le texte et 162 détails d'organes en couleurs.

PRIX 3 FRANCS

L'ACCUMULATEUR

I. *Récipient (Bac).* — Caisse en bois. — Revêtement en plomb. — Pièces en plomb profilées. — Tubes en verre de paroi épaisse.

III. *Plaque négative.* — Bourrelet massif. — Grille avec masse de remplissage. — Toc ou arrêt. — Pièce en forme de U renversé. — Appendice de l'arête inférieure de la barre de connexion. — Rainures plates arquées.

V. *Plaque positive.* — Bourrelet massif. — Partie cannelée de la plaque. — Barres de connexion. — Tubes en verre qui séparent les plaques. — Bandes en caoutchouc durci réunies en forme de boucles.

Un vol. avec 15 fig. intercalées dans le texte et 30 détails d'organes en couleurs.

PRIX 3 FRANCS

Petite Encyclopédie pratique

DE

CHIMIE INDUSTRIELLE

Publiée sous la Direction de

F. BILLON, ingénieur-chimiste

Avec la collaboration de M. Auguste PERRET, licencié ès sciences.

Cette petite **Encyclopédie pratique de chimie industrielle** s'adresse à tous ceux qui considèrent qu'il est de leur devoir comme de leur intérêt de ne rien ignorer du mouvement scientifique contemporain.

Aussi dans ces trente volumes ne trouvera-t-on que l'exposé simple, en langage aussi débarrassé que possible de tout terme savant, des faits qui sont nécessaires pour comprendre les principales fabrications industrielles.

Démontrer l'importance du mouvement commercial auquel donne lieu l'industrie chimique; indiquer à chacun une utilisation possible de ses capitaux en permettant de se rendre compte rapidement des conditions d'établissement de certaines exploitations minières ou agricoles, donner à tous ceux qui emploient les produits chimiques la connaissance de leurs origines, de leurs propriétés, leur permettre de les utiliser et même souvent de les fabriquer au mieux de leurs intérêts, tel est le but de cette œuvre modeste mais que nous croyons utile.

Prix du volume broché **1 fr. 50**, relié **2 francs**, et la collection complète brochée

Prix : **40 fr.**

1. — **Histoire de l'industrie chimique.** — La Chine, l'Inde, l'Egypte. — La Grèce, Rome. — Le moyen âge. — Le XVIe siècle. — Le XVIIe siècle. — Le XVIIIe siècle. — L'industrie moderne, principes de nomenclature et de notation chimique.
2. — **Le sel.** — Propriétés. — Distribution géologique. — Exploitation : marais salants, carrières et mines, sources salées. — Evaporation, eaux-mères. — Industrie de Stassfurt. — Raisons physiologiques de l'emploi du sel.
3. — **Soude et potasse.** — Définitions. — Soudes naturelles, soude Leblanc, soude à l'ammoniaque. — Soude électrolytique. — Borate de soude. — Potasses naturelles, potasse de Stassfurt. — Potassium et sodium.
4. — **Soufre et dérivés.** — Exploitation du soufre natif et des pyrites. — Acide sulfureux, sulfites, hyposulfites. — Acide sulfurique. — Sulfure de carbone.
5. — **Chlore et dérivés.** — Chlore, hypochlorites, blanchiment. — Acide chlorhydrique, chlorate de potasse électrolytique. — Brome, iode et dérivés.
6. — **Produits nitrés et ammoniacaux.** — Ammoniaque, sources diverses, fabrication de l'ammoniaque et de ses sels. — Nitrates de potasse et de soude. — Acide nitrique. — Cyanures.
7. — **L'eau.** — Propriétés. — Eau potable. — Bactériologie. — Eau filtrée, eau stérilisée, eau distillée. — Purification industrielle. — Eaux gazeuses. — Glaces.
8. — **Le sucre.** — Sources. — Extraction. — Raffinage. — Usages, confiserie, chocolats, sirops.
9. — **L'alcool.** — Fermentation alcoolique. — Matières premières. — Distillation, produits et résidus. — Alcools de consommation et d'industrie. — Propriétés et emplois, toxicité, hygiène.

10. — **Vins et vinaigres.** — Levures, culture et sélection. — Fermentation, opérations qui la précèdent et la suivent. — Ses correctifs. — Maladies, altérations et sophistications des vins. — Vinaigres.

11. — **Bière, cidre, poiré.** — Bière, matières premières. — Germination. — Fermentation. — Conservation. — Cidre et poiré.

12. — **Farines et fécules.** — Céréales. — Obtention des farines. — Panification. — Gluten, pâtes alimentaires. — Amidon, dextrine. — Fécules.

13. — **Lait, corps gras alimentaires.** — Lait, production, conservation, composition, altérations et falsifications. — Beurre. — Beurre artificiel. — Fromages. — Axonge, huiles alimentaires.

14. — **Conserves alimentaires.** — Procédés physiques. — Dessiccation. — Froid. Enrobage. — Privation d'air. — Procédés chimiques. — Application aux diverses substances. — Viandes et comestibles. — Poissons. — Lait. — Légumes et fruits. — Confitures et gelées.

15. — **Matières animales.** — Cuirs, tannage. — Peaux ouvrées. — Gélatine, colles, — Noir animal. Albumines diverses.

16. — **Engrais.** — Matières végétales et animales. — Engrais chimiques, nitrates, phosphates, sels de potasse. — Chimie du sol.

17. — **Le bois.** — Conservation. — Distillation. — Pâtes à papier.

18. — **L'industrie des gaz.** — Liquéfaction de l'acide carbonique, du chlore, de l'oxygène, de l'acide sulfureux, de l'ammoniaque. — Froid artificiel. — Les gaz éclairants : gaz de houille, « gaz pauvres. » — Acétylène.

19. — **Le pétrole.** — Géologie, formation, gisements. — Exploitation. — Distillation. — Sous-produits et leur utilisation.

20. — **Corps gras industriels.** — Saponification, théorie. — Matières premières. — Huiles et graisses diverses. — Agents de saponification. — Savons divers. — Bougies. — Acide stéarique. — Glycérine.

21. — **La parfumerie.** — Essences naturelles, extraction. — Parfums artificiels, composition et fabrication. — Savons, eaux de toilette, préparations diverses.

22. — **Vernis, mastics et enduits.** — Matières premières, résines, caoutchouc, gutta. — Vernis divers. — Encres et cirages. — Mastics isolants et hydrofuges.

23. — **Teinture et impression.** — Couleurs végétales, couleurs d'aniline, composition et fabrication. — Impression.

24. — **Couleurs minérales.** — Blancs divers. — Rouges, cinabre, minium. — Bleu outremer. — Verts. — Bronzes en poudre. — Couleurs pour la verrerie et la céramique.

25. — **Explosifs, pyrotechnie, allumettes.** — Poudres, dynamites, fulmi-cotons, fulminates. — Pyrotechnie. — Phosphore, allumettes diverses.

26. — **Métaux terreux.** — Calcium, chaux, mortiers, ciments, plâtre. — Magnésium, terres rares. — Aluminium, argiles, aluns.

27. — **Fer, fontes et aciers.** — Minerais, distribution géologique, composition. — Fabrication. — Définition des fers, fontes et aciers industriels. — Emplois.

28. — **Cuivre, plomb, mercure.** — Géologie, extraction, métallurgie. — Applications.

29. — **Zinc, étain, nickel, cobalt.** — Géologie, extraction, métallurgie. — Applications.

30. — **Or, Argent, Platine.** — Géologie, extraction, métallurgie. — Applications.

Collection complète en 30 volumes

PRIX du Volume broché : **1 FR. 50** — La collection brochée : **40 FR.**
— — relié : **2 FR.** — — reliée : **50 FR.**

Petite Encyclopédie pratique

AGRICOLE ET HORTICOLE

PUBLIÉE SOUS LA DIRECTION DE

M.-C. LECHALAS, Inspecteur gén. des Ponts et Chaussées en retraite.

Duclaux (E.), membre de l'Institut, Directeur de l'Institut Pasteur. — **Principes de laiterie.**

Chapitre I. Constitution physique du lait. — Chap. II. Constitution chimique du lait. — Chap. III. Les microbes du lait. — Chap. IV. Etude de quelques fermentations spéciales. — Chap. V. Méthode d'analyse du lait. — Chap. VI. Traitement commercial du lait. — Chap. VII. Ecrémage naturel. — Chap. VIII. Ecrémage centrifuge. — Chap. IX. Barattage du lait ou de la crème. — Chap. X. Le beurre. — Chap. XI. — Principes généraux de la fabrication des fromages. — Chap. XII. Etudes des divers types de fromages. — Chap. XIII. Fromages à pâte ferme et non cuits. — Chap. XIV. — Fromages à pâte molle.

Un volume in-18 jésus, de 370 pages avec 25 figures. Prix : **3 fr. 50**

Gain (Georges), juge d'Instruction. — **Les Syndicats professionnels agricoles.**

Nouveau commentaire de la loi du 21 mars 1884, suivant la doctrine et la jurisprudence, et examen critique des propositions de loi présentées par MM. Marcel Barthe, Bovier-Lapierre, Lachèze et Méline.

Un volume in-18 jésus, de 317 pages. Prix : **2** fr.

Heuzé (G.), insp. gén. de l'Agriculture. **La petite culture, agricole, légumière et fruitière, dans les campagnes et aux environs des villes.**

Chapitre I. La petite culture dans les régions agricoles. — Chap. II. Les exploitants. — Chap. III. Les agents de la production. — Chap. IV. Le matériel de la petite culture. — Chap. V. Les plantes de la petite culture agricole. — Chap. VI. Les plantes de la petite culture légumière. — Chap. VII. Production des plantes herbacées. — Chap. VIII. Production et récolte des graines légumières. — Chap. IX. Le bétail de la petite culture. — Chap. X. Les volailles de la petite culture. — Chap. XI. Les lapins. — Chap. XII. Les abeilles. — Chap. XIII. Les vers à soie. — Chap. XIV. Les arbres fruitiers dans les champs de la petite culture. — Chap. XV. Le jardin de la petite culture. — Chap. XVI. Récolte, emballage et vente.

Un volume in-18 jésus, de 401 pages avec 121 figures. Prix : **2** fr.

Larbalétrier (A.), prof. d'Agriculture. — **Petit dictionnaire d'agriculture, de zootechnie et de droit rural.**

Un vol. in-18 jésus, de 199 pages, avec 23 fig. Prix cartonné : **2** fr.

Lechalas (M.-C.) inspecteur général des Ponts et Chaussées en retraite, et de **Lalande (H.)** avocat au Conseil d'Etat. — **Les Cours d'Eau. — Hydrologie. — Législation.**

1re Partie : Hydrologie. — Chapitre I. Généralités. — Chap. II. Torrents, lacs et rivières. — Chap. III. Petits cours d'eau et fossés de dessèchement. — Chap. IV. Cultures permanentes.

2e Partie : Législation. — Chapitre I. Des cours d'eau navigables et flottables. — Chap. II. Des cours d'eau non navigables ni flottables.

Un volume in-18 raisin de 348 pages avec 35 figures. Prix : **2** fr.

Nivoit (E.) inspr gén. des Mines — **Eléments de Géologie.**
Cet ouvrage comprend les matières du programme de l'enseignement secondaire classique et moderne.
Chapitre I. Notions sommaires sur les roches. — Chap. II. Phénomènes naturels d'origine externe. — Chap. III. Phénomènes actuels d'origine interne. — Chap. IV. Constitution générale de l'écorce du globe. — Chap. V. Ere primaire. — Chap. VI. Ere secondaire. — Chap. VII. Ere tertiaire. — Chap. VIII. Ere quaternaire. — Chap. IX. — Géologie de la France.
Un vol. in-18 jésus, de 359 pages avec 156 fig. et 1 carte géologique. Prix : **2** fr.

Petit (P.) professeur à la faculté des sciences de Nancy. — **Nutrition et production des animaux, bœuf, cheval, mouton, porc.**
Chapitre I. Les Aliments. — Chap. II. Description des matières alimentaires. — Chap. III. Le corps de l'animal et ses fonctions. — Chap. IV Production des animaux. — Chap. V, Espèces bovine. — Chap. VI. Espèce Ovine. — Chap. VII. Espèce chevaline. — Chap. VIII. Espèce porcine, — Tables des compositions des matières alimentaires.
Un volume in-18 jésus de 331 pages. Prix : **2** fr.

Pion (Ernest), vétérinaire-inspecteur du marché de la Villette. — **Le commerce de la boucherie.**
Chapitre I. Renseignements généraux. — Chap. II. Elève et engraissement des bestiaux. — Chap. III. Commerce des bestiaux. — Chap. IV. Commerce de la boucherie en gros, ou commerce à la cheville. — Chap. V. Commerce de la boucherie, de la charcuterie et de la triperie. — Chap. VI. La viande : qualités, catégories ; fournitures aux établissements publics, — Chap. VII. Détails des prix de la boucherie dans les villes et dans les campagnes. — Chap. VIII. Abaissement possible du prix de la viande. — Chap. IX. Inspection de viandes. — Chap. X. Organisation de la vente aux consommateurs à Paris et en province, — Chap. XI, Boucheries hippophagiques. Règlements. — Chap. XII. Conclusion.
Un vol. in-18 jésus, de 359 pages avec fig. et 1 pl. Prix : **2** fr.

Renard (A.), professeur de chimie agricole à l'Ecole des Sciences de Rouen. — **Amendements et engrais.**
Chapitre I. L'air. — Chap. II. — L'eau. — Chap. III. Le sol. — Chap. IV. Amendements. — Chap. V. Engrais azotés. — Chap. VI. Engrais phosphatés. — Chap. VII. Engrais alcalins. — Chap. VIII. Analyse des terres. — Chap. IX. Analyse et valeur vénale des engrais. Tableau récapitulatif de la richesse en principes fertilisants des principales matières employées comme engrais. — Répression des fraudes dans le commerce des engrais.
Un volume in-18 jésus, de 124 pages avec figures. Prix : **2** fr.

Vilmorin-Andrieux. — Les légumes usuels.
Les légumes usuels sont disposés dans l'ordre alphabétique pour faciliter les recherches. On a inséré à la fin du second volume :
1° Un tableau resumé des poids du litre de graines, des nombres de graines dans un litre et des durées germinatives.
2° Un calendrier des Semis à faire dans chaque mois pour les différentes conditions de culture, avec indication des époques de production.
3° Un tableau détaillé des choix de plantes potagères pour les divers climats et les différentes conditions de culture.
4° Des listes d'assortiments de légumes pour jardins de diverses grandeurs.
Deux vol. in-18 jésus. ensemble 610 pages avec figures.
Prix : **3** fr. **50** par volume.

L'introductionde cette excellente étude, a été écrite par M. H. DE VILMORIN.

Prix de la collection complète des 11 volumes : **25** francs.

PETITE ENCYCLOPÉDIE PRATIQUE

DU

BATIMENT

Publiée sous la direction

DE

L.-A. BARRÉ, ✻, O. I. ◐.

INGÉNIEUR DES ARTS ET MANUFACTURES, PROFESSEUR

A L'ASSOCIATION POLYTECHNIQUE

Les ouvrages sur la construction sont très nombreux et beaucoup sont excellents. M. L.-A. Barré, ingénieur des arts et manufactures, en a rédigé un certain nombre et a collaboré à beaucoup d'autres. Son dernier *Memento de l'Architecte* a déjà conquis une juste réputation.

Pourtant, dans des ouvrages embrassant toutes les branches de la construction, on est conduit ou à être parfois trop restreint pour tenir sous un faible volume, et l'on ne satisfait pas tous les spécialistes, ou à être trop étendu, ce qui conduit dans ce dernier cas à des ouvrages d'un prix trop élevé.

Nous avons donc cru qu'à une époque comme la nôtre, où chacun se spécialise de plus en plus, il y avait place pour des ouvrages à très bon marché, mais ne s'occupant chacun que d'une section limitée du bâtiment et des travaux. Nous avons donc chargé M. L.-A. Barré, si connu parmi les ingénieurs comme parmi les architectes et les entrepreneurs par ses nombreuses publications, de rédiger la *Petite Encyclopédie pratique du Bâtiment* que nous présentons aujourd'hui.

Dans ces douze petits volumes, mis à la portée de tous, l'auteur a cherché surtout à résumer et à vulgariser des notions que l'on ne trouve guère que dans des ouvrages très étendus sur la construction.

Les praticiens trouveront dans l'ensemble de cette collection portative, les renseignements condensés relatifs aux diverses catégories de travaux, chaque intéressé pouvant ainsi choisir le volume qui l'intéresse particulièrement, sans être obligé de s'encombrer d'un gros livre toujours coûteux.

Successivement, on trouvera dans cette encyclopédie : les terrassements et fondations, les matériaux de construction, la résistance des matériaux, la maçonnerie, les murs, les arcs et voûtes, les escaliers, les pavages et carrelages, les légers ouvrages et la décoration, les assemblages de charpente et les planchers en bois, les combles en bois, les planchers, colonnes et poitrails métalliques, les combles métalliques, la couverture, la menuiserie et la serrurerie, l'eau à la maison, le chauffage et la ventilation, l'éclairage et l'électricité, les constructions rurales et économiques, les proportions des diverses parties des constructions, les lois et règlements concernant la construction, etc., le tout illustré de nombreuses figures et complété par des tableaux de dimensions, de poids et de prix courants.

Nous espérons que le nouveau labeur de M. L.-A. Barré sera goûté du public nombreux qui a besoin surtout de petits livres maniables et à bon marché. Nous souhaitons que la *Petite Encyclopédie pratique du Bâtiment* suscite chez ses lecteurs des observations dont l'auteur sera heureux de faire profiter les éditions futures.

Si nous pouvons épargner du temps à ceux qui se serviront de ces petits ouvrages, notre entreprise n'aura pas été vaine et nous chercherons, dans l'avenir, à la perfectionner encore.

E. BERNARD ET Cie

Prix de chaque volume, broché **1 fr. 50**, relié pleine toile **2 fr.**

La collection des 12 volumes, brochés **18 fr.**, — **20 fr.**

NOMENCLATURE DES OUVRAGES DE LA COLLECTION

1. — Terrassements, Fondations, Echafaudages. — Fouilles. — Sondages. — Outils pour sondages. — Fouilles en puits, en sous-œuvre. — Fouilles sous l'eau. — Pilotis. — Poussée des terres. — Echafaudages. — Poids du mètre cube des principaux matériaux de construction. — Proportions des diverses parties d'une construction.

2. — Matériaux de construction (*Emploi et résistance*). — Sables. — Cailloux. — Pierres naturelles. — Matériaux artificiels. — Calcaires. — Plâtre. — Briques — Mortiers, chaux, Ciments. — Bois. — Fonte, fer, acier, bronze, cuivre. — Traction. — Compression. — Flexion — Torsion. — Tableaux numériques des charges de rupture et des coefficients de travail des divers matériaux suivant leur emploi.

3. — Maçonnerie en général. — Maçonnerie de pierres de taille, de moellons, de meulière, de briques, de béton, de ciment. — Murs de fondation, de façade, de clôture, de soutènement, de réservoirs. — Appareils divers des pierres. — Murs creux et murs en briques creuses — Conduites de fumée. — Fosses d'aisances. — Chaînage des murs. — Baies, linteaux, arcs de décharge, portes, fenêtres, meneaux, pilastres en pierre. — Voûtes en berceau, d'arête, en arc de cloître, en anse de panier. — Cubature et stabilité des voûtes. — Escaliers en pierre.

4. — Charpente en bois. — Assemblage des bois. — Poteaux, Poitrails et planchers en bois. — Poutres armées. — Maîtresses-poutres — Distribution économique des solives dans un plancher. — Charge des planchers en bois — Combles. — Distribution économique des pannes dans une ferme. — Comble à la Mansard, — Combles pour magasins et ateliers. — Calcul d'un comble et d'un appentis.

5. — Menuiserie en bois. — Menuiserie intérieure. — Lambris. — Impostes. — Fenêtres et portes. — Persiennes, volets, jalousies. — Parquets. — Tracé des escaliers. — Escaliers en bois. — Ascenseurs. — Monte-charges. — Echelles de sauvetage pour incendies. — Clôtures, treillages. — Constructions rustiques.

6. — Charpente en fer. — Planchers, colonnes, pilastres et poitrails métalliques. — Charge des colonnes, des planchers en fer et acier. — Planchers métalliques hourdés en poteries ou en briques. — Planchers constitués par des poutrelles courbes métalliques. — Planchers en ciments armés. — Pans de fer. — Combles métalliques. — Appentis en bois et fer. — Comble Polonceau. — Combles à panneaux. — Combles Pombla. — Combles en tôle ondulée. — Combles Shed. — Hangars. — Distribution économique des pannes dans un comble métallique.

7. — Serrurerie et Menuiserie en fer. — Serrures. — Ferme-portes. — Portes et fenêtres métalliques. — Fermetures de magasins en fer et tôle. — Escaliers en fer, fonte, tôle, zinc. — Ferronnerie. — Grilles — Marquises.

8. — Peinture, Vitrerie, Décoration, Carrelages. — Légers ouvrages en plâtre: enduits, renformis, crépis, moulures, corniches. — Cloisons légères. — Aires de planchers. — Plafonds. — Peinture, vitrerie. — Papiers de tenture. — Marbrerie. — Décoration intérieure et extérieure. — Pavage en grès, en asphalte, en briques, en ciment, en bois. — Pavages et carrelages céramiques. — Mosaïques. — Pavages en verre. — Trottoirs. Voies publiques, cours.

9. — Fumisterie, Chauffage, Ventilation, Eclairage, Electricité. — Cheminées, Poêles, Calorifères. — Ventilation domestique. — Girouettes. — Eclairage. — Gaz. Conduites de gaz. — Electricité à la maison. — Téléphonie. — Paratonnerres.

10. — Distribution d'eau, Assainissement. — L'eau à la maison. — Conduites d'eau. — Evacuation des matières usées. — Le tout à l'égout. — Appareils sanitaires. — Filtres, réservoirs, robinets, éviers, bassins, jets d'eau, pompes, puits, citernes. — Hygiène des habitations. — Water-closets, urinoirs. — Bains.

11. — Couverture, Plomberie, Zincage. — Couverture en planches, en carton bitumé, en tuiles, en ardoises, en tôle ondulée, en plomb, en cuivre, en zinc, en produits céramiques. — Pente et charge des combles suivant leur destination. — Chéneaux, gouttières. — Plomberie sanitaire, etc.

12. — Lois et règlements concernant la construction. — Droits du propriétaire et du locataire. — Honoraires. — Métrage. — Vérification.

N° 7. — Guide pratique d'éclairage électrique.

I. La lumière électrique, historique. — II. Distributions d'éclairage, stations centrales, procédés divers. — III. Description des lampes à arc. — IV. Branchement et pose des arcs, mise en marche, entretien. — V. Démontage et réparation des lampes à arc. — VI. Fabrication des lampes à incandescence. — VII. Appareillage de distribution, tableaux, rhéostats, coupe-circuits, douilles, etc. — Appareils de lumière divers, projecteurs, microscope photo-électrique, etc. — Appendice.

N° 8. — Le Monteur-Appareilleur-Électricien.

I. Travaux du monteur, outillage. — II. Pose des canalisations domestiques, jonctions, épissures des fils, etc. — III. Pose des lampes à incandescence, isolement des fils. — IV. Appareils de mesure, compteurs, etc. — V. Soins d'entretien, cassage des lampes, courts-circuits. — VI. Installation d'un moteur ou d'une dynamo, mise en marche. etc. — VII. Montage de divers appareils électriques.

N° 9. — Transport électrique des forces.

I. Transmission de l'énergie, théorie, historique. — II. Les moteurs hydrauliques actuels. — III. Stations électriques avec moulins à vent. — IV. Transformateurs par courant continu. — V. Transport par courants alternatifs. — VI. Les transformateurs à haute tension. — VII. Installation d'une station pour l'envoi de la force. Machines à employer, etc. — VIII. Installation et soin des moteurs à courants continus et alternatifs polyphasés. — IX. Les tramways électriques, systèmes divers.

N° 10. — Réseaux téléphoniques et sonnettes.

I. Les sonnettes électriques, description des divers modèles. — II. Pose des sonnettes, outillage, soins d'isolement. plans de pose. — III. Entretien de sonnettes, nettoyage, piles. — IV. Fonctionnement du téléphone et du microphone. — V. Description des appareils en usage. — VI. Installation de deux postes magnétiques. — VII. Pose des lignes, isolement des fils, soins divers. — VIII. Remèdes contre l'induction (friture), réparations des lignes et des postes, IX. Renseignements divers sur les téléphones.

N° 11. — Manuel de l'Electro-Chimiste.

I. — Théorie des dépôts électrolytiques, historique. — II. Appareillage pour l'électro-chimie, dynamos, piles, bacs, cuves, conducteurs. — III. Galvanoplastie le moulage, les bains. — IV. Le cuivre, affinage, dépôt électrolytique. — V. La dorure et l'argenture. — VI. Le nickelage. — VII. Conduite des bains, densité de courant. — VIII. Formules et recettes. — Appendice.

N° 12. — L'Électricité pour tous.

I. Générateurs d'électricité domestiques, piles et machines. — II. Lumière électrique domestique par piles. — III. Lumière domestique par dynamos et machines. — IV. Moteurs domestiques, emplois divers. — V. La cuisine électrique. — VI. Pose des sonnettes, téléphones. avertisseurs domestiques. — VII. Les allumoirs et appareils divers. — VIII. Electricité médicale. — IX. Les appareils Trouvé.

Prix de chaque volume : broché. **1** fr. **50** relié. **2** fr.

La collection de 12 volumes : brochés **15** fr. reliés **20** fr.

Petite Encyclopédie Scientifique et Industrielle

PUBLIÉE SOUS LA DIRECTION
de **Henry de GRAFFIGNY**
INGÉNIEUR CIVIL

La Télégraphie sans Fil

Le mouvement de la nature. — Historique de l'art des signaux. — Télégraphie sans fil par ondes lumineuses, par ondes électro-magnétiques, par ondes électriques. — Les expériences de Marconi. — L'appareillage de télégraphie sans fil et les expériences de M. Ducretet. — Expériences diverses : Popoff, Tesla, etc. — Applications de la télégraphie sans fil.

Un volume de 160 pages et 43 figures. *Prix :* **1 fr. 50**

Les Nouveaux Ascenseurs

Définition et classification des ascenseurs. — Les ascenseurs à puits, à compensateurs, sans puits, électriques, hydro-électriques, à air comprimé. — Les manœuvres et la sécurité des ascenseurs. — Les monte-charges. — Les ascenseurs hydrauliques pour bateaux et pour chemins de fer.

Un volume de 160 pages et 57 figures. *Prix :* **1 fr. 50**

Les Nouveaux Systèmes de Chauffage

I. Production et utilisation de la chaleur. Théorie et classification des appareils de chauffage. — II. Le chauffage par le soleil. — III. Chauffage par cheminées et grilles au bois, au coke, à la houille, aux agglomérés, etc., etc. — IV. Chauffage par l'air chaud, calorifères et poêles. — V. Chauffage par la vapeur à haute et à basse pression. — VI. Chauffage au gaz. — VII. Chauffage par le pétrole, l'essence, l'alcool. — VIII. Le chauffage électrique.

Un volume de 160 pages et 48 figures. *Prix :* **1 fr. 50**

L'Opticien

Guide historique et pratique

Par JACQUEMIN

Historique de la lunette et de la fabrication du verre. — Fusion du verre. — Verre de couleurs. — Cristal de roche. — Myopie. — Presbytie. — Strabisme. — Choix des verres et des montures. — Verres périscopiques et sphéro-cylindriques. — Cataracte. — Anatomie de l'œil. — Mécanisme de la vision. — Vision. — Prismes. — Jumelles à prismes. — Optomètres. — Sphéromètre. — Lunette astronomique. — Jumelle de théâtre et de marine. — Tableau comparatif des anciens numéros sur les Dioptries. — Divers caractères d'écritures pour essayer la vue.

Un volume de 160 pages avec figures. *Prix :* **1 fr. 50**

Tous les ouvrages portés sur cet extrait de Catalogue sont envoyés franco contre mandat-poste.

Courbevoie. — Imprimerie E. Bernard et Cie

www.ingramcontent.com/pod-product-compliance
Ingram Content Group UK Ltd.
Pitfield, Milton Keynes, MK11 3LW, UK
UKHW031856260826
14628UKWH00002B/803

9 782019 956202